母親からの小包はなぜこんなにダサいのか

原田ひ香

中央公論新社

目次

装画　小幡彩貴
装幀　田中久子

母親からの小包はなぜこんなにダサいのか

第一話　上京物語

ついに一人暮らしがはじまる。

ここ東京で。

吉川美羽《よしかわみう》は高円寺《こうえんじ》の駅の前に、大きなスーツケースと一緒に降り立った。

三月に上京して一ヶ月ほどは、中目黒《なかめぐろ》に住む兄のマンションに居候《いそうろう》させてもらっていた。五つ年上の兄、章《あきら》は中堅《ちゅうけん》の広告代理店に勤めているけど、仕事は忙しく愚痴《ぐち》ばかり言っている。その分女性にモテる業種でもあり、この世の春とばかりに遊んでいた。彼女とまではいかないが、ちょっと気になる女性もいるようで、その分美羽には冷たい。

「お前、早く家を決めろよ」

毎朝、出がけに言われていた。ちゃんと起きて、朝ご飯を作ってやっていたのに。トーストとスクランブルエッグという簡単なものだが。

「兄妹《きょうだい》が一緒に住むなんて、キモいからな」

「それはこっちのセリフ」

兄がかわいい妹を愛《め》でるようなアニメがたくさんあるけれど、あれはどこの世界の話か、といつも思う。兄は中学時代から毎朝洗面所を占領し、少し文句を言っただけでぽかりと頭を殴《なぐ》ってきた。向こうだって五歳年下の妹なんて「勘弁《かんべん》して欲しい」存在なんだろう。

それでも言い合いながらも心の中では「もう少し優しくしてくれてもいいのに。一緒に部屋を探すくらいはしてくれてもいいのに」と思ってしまう。

「なんでも一人でやる、親や兄貴《あにき》の世話にはならないってタンカ切ったのお前だろ」

美羽の心の声が聞こえたかのように、兄は言った。

「だから、わかってるって」

「どこに住みたいんだっけ」

「高円寺」

「うわ、遅れてきたサブカル女」

「違うよ、学校に通いやすいから」

美羽が入った女子短大は中央線沿線にある。しかし、兄が言うことにも一理あった。

学科は英文科だけど、本当はライターとかカメラマンとか、なんらかのフリーランスの仕事をしたい。そのチャンスはあの街ならつかめそうな気がした。

不安を抱えながら、休日を部屋探しに費やしていた。美羽は結構、ものごとには細かく、優柔不断《ゆうじゅうふだん》な方だ。高円寺界隈《かいわい》の不動産業者はすべて当たり、四万五千円から五万までという予算に合う部屋は、全部内見した。やっと駅から徒歩十三分、狭《せま》いけれどロフト付きの洋室、というう部屋を見つけた。それなら、アルバイトを少しすれば、家からの仕送りでなんとかやっていけそうだった。その部屋は玄関の右の壁のところが造り付けの靴棚《くつだな》になっていて、靴だけはたくさん収納できるのも気に入った。

兄の声に強く言い返せなかったのは、親が最後まで反対した上京に、結局、兄が口添《くちぞ》えしてくれたからでもあった。

「この時代、男の俺にだけ上京許して、妹はだめとか通用しないだろう。なんかあったら、俺もいるし、二年くらい東京に行かせてやったら」

その一言が、かたくなだった母の気持ちを動かしてくれた。母は長男である兄に弱い。最後はしぶしぶながら認めてくれて、入学願書を出すことができた。

これから、ずっと兄には頭が上がらないのかもしれない。


さて、駅前にずっと立っているわけにもいかない。

美羽はスーツケースの持ち手を強く握《にぎ》りしめた。自分は今、これしか持っていないのだ。これが全財産。実際、親からもらった二十万と、子供の頃から貯めた十数万円もここに入っている。

父が勤める信金にずっと貯金してきた金だ。それを東京に来る直前に下ろしてきた。その信金の支店は東京にはないからだ。口座を解約すれば、あの街や父と関係が切れると思っていたけれど、そんなに簡単なことではなかった。ぜんぜん、切れた気がしない。

アパートの鍵《かぎ》を受け取るため、相場《あいば》不動産に向かった。

相場不動産は高円寺で八軒目に入った不動産屋だ。

店は駅から続く商店街が終わりそうになった頃にやっと現れる。ガラス戸に物件情報がびっしり貼ってあるような、昔ながらの不動産業者だった。

引き戸をがらがらと音をさせて開く。

「いらっしゃいませー。ああ、吉川さん」

中年の女性社員が、美羽の顔を見るとすぐに笑顔になって立ち上がった。

ここで物件を決めたのは、この女性社員、町田《まちだ》が美羽の願いを一番、親身に聞いてくれたからだ。予算に合う部屋を最後まで探し続けるしつこい美羽に付き合って、内見も何度もしてくれた。

それに、二回目に訪れた時、すでに名前を覚えてくれていた。

町田はデスクの向こうから、軽快に出てきた。

「荷物はそれだけ？」

きっと母と同じくらいの年頃だろう、と彼女の目尻のしわを見ながら思う。母はそこにアンチエイジングの美容液をすり込《こ》んでいるが、この人はきっと何も塗《ぬ》っていない。

「はい。あとは兄の家にあって……これから少しずつ運ぶつもりです」

「若い人は身軽でいいわね」

身軽と言われて、本当に身体《からだ》が軽くなった気がした。自分は何も持っていないと思っていたけど、それは身軽だということでもあるのだ。

「家具も選び放題じゃない」

「でも、そんなにお金ないから……」

「ここに来る前、もう少し駅の方にリサイクルショップがあるんだけど」

美羽は思わず、首を傾《かし》げた。緊張《きんちょう》して歩いていたからか、気がつかなかった。

「あそこがきっと高円寺では一番安いわよ。まとめて買えば、家まで運んでくれるしね。私の名前だせば、少し安くしてくれるはず」

「そうなんですか、ありがとうございます」

「店に行く時、声をかけて。手が空いてれば一緒に行ってあげる。あそこもうちが紹介した物件だから、店長は知り合いだし、あなたのこと、紹介するから」

町田さんはこの街で最初の知り合いになるのだろう、いや、そう考えていいのか、と思った。だとしたら、心強い。だけど、都会の人とはどのくらい距離を縮めて付き合ったらいいのか、よくわからない。

彼女は店の奥から、鍵を持ってきた。小さい鍵が四つ、束になっている。

彼女は美羽の手のひらにそれを置いた。

「今まで、一人暮らしをしたことはなかったよね？」

「はい」

「そしたら教えておくけど、まず、落ち着いたら合鍵を一つ作って、これはどこかにしまっておいた方がいいかも。転居する時、この鍵はそろえて返してもらうことになっているからね」

美羽は手の中の鍵を見つめる。それはまだ少し温かかった。

これが自由の証《あかし》。親と何度もケンカし、さんざん母に泣かれて手に入れたものなのだ。

「大丈夫？」

無言で鍵を見つめている美羽が心配になったのか、町田が聞いた。

「あ、はい」

「困ったことがあったら、遠慮《えんりょ》なく相談して。高円寺のことでもなんでも」

「じゃあ、早速お聞きしていいですか」

「なんなりと」

彼女は薄く笑った。

「あの……引っ越ししたら、ご近所に挨拶《あいさつ》した方がいいんでしょうか。あと、大家さんにはどうしたら」

自分の地元では、近所へのご挨拶回りは必ずする。それをしなかったら、「変わり者」「常識を知らない」と言われてもおかしくない。実際、美羽自身も田舎《いなか》の銘菓《めいか》を用意していた。

町田は少し首をひねって答えた。

「ああ、まあ、昔は菓子折《かしお》り持って近所をまわったものだけど、今はどうかしらねえ。吉川さんが入るコサカアパートは確か、四戸だったわね。あそこはうちが管理しているのが、あなたのところを入れて三戸、別の不動産屋が管理してるのが一戸で、少なくとも、うちが管理している人たちは毎月お家賃も振り込んでくれるし、ちゃんとしているけど……まあ、それでも、特に挨拶しなくていいんじゃないかしら？　防犯的にもね、吉川さんは女の子だし」

「わかりました。じゃあ、大家さんには？」

「大家さんは大丈夫。少し離れたところに住んでいる方だし、今は大家さんの方の個人情報もあまり公にしないくらいだから。うちに全部任されているから気にしないで」

「では……」

美羽はスーツケースを開けて、菓子折りを一つ、差し出した。

「これ、ご近所に配ろうと思っていたものです。つまらないものですが、どうぞ」

「あ、南部《なんぶ》せんべい。あらあ、嬉《うれ》しい」

ちょっと待って社長を呼ぶから、と奥に呼びかける。

「相場さん！　相場さん！」

すると、杖《つえ》をついた老人がゆっくりと出てきた。

「相場さん、こちらですよ、今度、コサカアパートに入るの」

「小坂《こさか》さんのところの、四戸の？　松《まつ》ノ木《き》だっけか」

「松ノ木まで行きませんよ、その手前」

「ああ」

老人が顔を上げて、伏し目がちな目が見開かれた。それまで動作はゆっくりだったのに、視線が鋭い。

「あのアパートは土地からうちが仲介して建てる時も立ち会ったんだよ、よく知ってるんだ。東京は初めてだね」

相場は美羽をじっと見て言った。

「はい」

「わからないことがあったらね、この人に聞くんだよ」

町田を指差した。

「今、そう言っていたところですよ。そしたら、ご挨拶に南部せんべいまでもらっちゃって。それで社長を呼んだんですよ」

相場は町田が持っている菓子折りをじっと見た。

「若いのに、しっかりしているね」

「でしょう」

「きっと大家の小坂さんにも喜んでもらえるね」

最後の「ね」は町田に向いていた。

「そうですね。じゃあ、そろそろ」

町田にうながされて、一緒に外に出た。

「社長は話が長いから」

自分が呼んだくせに、町田は苦笑していた。

「防犯にだけは気をつけて。二階だけど、窓とドアの鍵は必ずかけておくようにね。これから暑くなるけど、開けっ放しはダメよ。困ったことがあったら、とにかく相談して」

「ありがとうございます」

軽く頭を下げて、歩き出す。

これから、まだ十分は歩かなければ部屋には着かない。

美羽は小さく息を吐《つ》いた。


母は「地元岩手《いわて》第一主義」の人だ。

とにかく、盛岡《もりおか》が一番、この街が一番、住みやすくて、人がよくて、優しくて、食べ物がおいしくて、風光明媚《ふうこうめいび》で、季候がよくて、広々した家に住める。だいたい、東京なんて新幹線で三時間あれば行けるじゃない、と子供の頃からくり返し聞かされてきた。

「東京のようなあんなごちゃごちゃしたところ、なんで住みたいのかわからない」「美羽は地元の学校に行って、パパのような人と結婚して、うちの近くに住んでね。ママたちとずっと仲良くしようね」

耳にタコができるくらい言われ続けた言葉だ。

もちろん、美羽だって幼い頃は「うん、ママ大好きだよ。ママとずっと一緒にいたい」と答えていた。

父は農家の三男坊で、地元の国立大学を出たあと、盛岡で一番古い信金に就職した。公務員に次いで、いや、公務員と双璧《そうへき》の、地元では人気の「堅い職場」だ。最近は、都銀だって経営が厳しい時代だけど、この地域で最も大きく、手堅い経営を続けて、東日本大震災もくぐり抜けてきた信金にはまったく影響がない。しかも、父は役員入りするのがほぼ決まっている。今後大きく業績を落としても、なんとか逃げ切れるだろう。

　更に、農家の三男ということで長男や次男の嫁に、冠婚葬祭《かんこんそうさい》でこき使われるくらいで、親の介《かい》護《ご》を押しつけられることはない。

　母は玉《たま》の輿《こし》に乗った、と周囲にも言われ、自負してもいる。それが、「パパのような人との結婚」というまったくぶれない願いにつながっているのだろう。

　パパみたいな人と結婚するのよ、と母が夕飯を食べながら言うと、父親もまんざらでもない顔をしてビールを飲み干していた。それも出入りの酒屋が持ってきてくれた本物のビールでだ。第三のビールなんて、酒屋さんに恥ずかしくて頼めない。酒屋さんは父が信金で担当し融資している店であるため、一度でもそんな注文をしたら周囲に言いふらされる。そんな街だ。

　結果、美羽は、「岩手が大っ嫌いな女子」に育った。

　人が優しくて、皆、仲良くて、食べ物がおいしくて、品物が安くて、広い家に住めて……その全部が嫌いだ。本当にうんざりする。

　食べ物がおいしい、安いというのは、ちゃんと地元のサークルに入れた人だけが享受《きょうじゅ》できる特権だ。

　いや、安いというのじゃない、ほとんど「無料《ただ》」だ。

　農作物は皆、お互いにただでやりとりされる。美羽たちが住んでいたのは市内だけど、父の実家は農家だし、その親戚も農家だから、少し曲がった野菜や、出荷するためではなく、庭で取れた無農薬の野菜はいくらでももらえる。

　最近は、都会の人たちが移住するというのも流行《はや》っているし、役所も奨励《しょうれい》しているらしいが、その人たちはこの「サークル」には入れない。

この地域の人と結婚して、地元民と親戚関係になるのが最低条件。その後、村祭りの手伝いを積極的にやり、子供を地元の幼稚園《ようちえん》や学校に入れて、区域の役員を骨身を惜《お》しまずにやりとげて、やっとここでの「一人前」になる。

ただそれは、ここに生まれた者には、なんの努力もなしにもらえる「特権」なのだ。

そんな街が「優しい」「皆、仲良し」と言えるだろうか。

美羽にはわからない。

母親だって昔は夫の実家の村の夏祭りの手伝いにかり出され、「あの人は市内に住んで、旦那《だんな》が勤め人だから気取ってる、いい気になってる」と陰口《かげぐち》どころか大っぴらに罵倒《ばとう》されて、泣きながら帰ってきたこともあった。母はあまり訛《なま》りが強い方ではなく、美羽や兄貴もそれにならった。それもまた「気取ってる」と言われる理由の一つだ。言葉一つでも爪弾《つまはじ》きにされるのに、なぜ、なんの矛盾《むじゅん》も感じずに「優しい人たちばかり」と言えるのか。

去年の秋頃、美羽が「高校卒業後は東京に行きたい」と言った時、母親は大げさでなく、三ヶ月くらい暗い顔をして夜は泣いていた。

兄は上京して就職していたし、父は美羽と母の争いには絶対に入ってこない。

「お兄ちゃんは東京に行ってるじゃん」

「男の子と女の子は違うの！」

母の声は叫びに近く、言い終わったあと、ひゅーひゅー、喉《のど》が鳴っていた。

「どこが違うの？　今の時代、法律的にもそんな違いないと思うよ」

「東京で遊んできた女なんて、地元のちゃんとした家の、ちゃんとした男の人は結婚してくれないわ」

思わず、笑ってしまった。

「じゃあ、うちの学校の子たち、ほとんど進学して東京に行くから、誰も地元の人とは結婚できないいね。地元の男の人は結婚相手いなくて、困ることになるんじゃない？」

「屁理屈《へりくつ》、言うんじゃないの」

「ママ、時代錯誤《さくご》すぎる。今はむしろ、地元しか知らない人の方が世間知らずで敬遠《けいえん》されるよ」

「違うわよ。口ではそう言っていても、男の人は結局、素直な、なんにも知らない女が好きなの！」

「なら私、そういう男と結婚したいとは思わない」

「だから、屁理屈言うんじゃないの！」

お互い、売り言葉に買い言葉で、支離滅裂《しりめつれつ》なことを口走っていた。

都会の人たちは「いまだにそんな家、あるの？」「そこまで反対されるなら、家出してやればいいじゃん」と言うかもしれない。

実際、美羽の友人たちの中でも、ここまで親に上京を止められる人はまれだ。経済的な問題もないのに。

だけど、美羽の家では現実だった。

「ママは美羽が心配なのよ。一人暮らしなんかして事故にでもあったら」

最後は泣き落としにきて、実際、ハンカチで涙を拭いていた。

「じゃあ、お兄ちゃんの家に住むよ」

「章がそんなことを許すはずないじゃない！」

「じゃあ、隣に住む」

「章の部屋がいくらだか知っているの？　簡単に借りられるわけないでしょ」

美羽の方も最後の手段に出て、兄に電話した。

「お兄ちゃん、次のお正月に帰ってきたら、お母さんに話して」

「そういうのは、自分でやれよ。俺はもう、東京に出た身なんだから」

兄はもしかしたら、もう、二度と岩手に戻ってこない気なのかもしれないな、とその時思った。

「お兄ちゃんがちゃんと話してくれないと、私、お兄ちゃんの家に一緒に住むことになるかもよ。ママたち、それなら許してくれそうだもん」

美羽は少しだけ嘘《うそ》をついた。

「ふざけんな」

兄は小さく怒鳴ったが、あり得ない話ではないと思ったらしかった。安月給を理由に、いまだに少し仕送りをしてもらっているのを美羽は知っている。でなければ、中目黒の１ＬＤＫには住めない。

「だから、私にも上京と一人暮らしを許すように頼んでよ。じゃなかったら、私、家出するからね！」

兄は小さく舌打ちし、しかたなく、次の正月に両親を説得してくれた。


町田と別れた後、商店街を過ぎ十分ほど歩いた。角を曲がって、やっとアパートの屋根が見えてきた時には、やっぱりほっとした。

内見に来た時は町田が運転する軽自動車に乗っていたので気がつかなかったのだが、最後の二、三分が微妙《びみょう》に坂になっている。重いスーツケースを引きずるようにして歩いたら、少し汗が出てきた。

四室あるアパートの二階に上がり、初めての自分の部屋のドアに鍵を差し込んだ。当たり前だけど、かちり、と小さな音がしてドアが開く。

いい音だな、と思った。それは自由の音だった。

狭い玄関、でも、ちゃんと脇に靴の棚がある。

スーツケースをそこに置いたまま、靴を脱いだ。

一瞬、何をしようかな、と考えた。普通に足を踏《ふ》み入れようとして、やっぱりやめた。

「わ――――」と言いながら、部屋にダイブした。もちろん、痛くないように、滑《すべ》る感じで。身体が止まると、水泳みたいに脚と腕をばたばたさせた。

これでやっと本当の何かが始まると思った。自分の人生の本当の何かが。


今日は大学のオリエンテーションがあった。

講義の取り方や、事務手続きの方法など、さまざまな説明があったあと、何人かの教授が話をした。

美羽は密《ひそ》かに期待していた。

できたら、その日、同じクラスの誰かと話をして、友達になりたい、と。

入学式の日は母親が上京してきて、式の間もあとも、誰とも話せなかった。母は周りの学生たちを見て、「服装《ふくそう》が派手すぎる」「あの子、ブランドのバッグを持っている」と傍若無人《ぼうじゃくぶじん》に言うので、まわりに聞こえないかとはらはらし通しだった。さらに、学校の校門の外にたくさんの他大学のサークルの勧誘がいたが、そのほとんどが男子大学生だったため、母は美羽の手をちぎれんばかりに強く引いて、彼らとは絶対に交流を持たないように足早《あしばや》に歩いた。

そして、夜、ホテルのレストランで食事をしながら、何度も何度もため息を吐いた。

「あんな学校で美羽はやっていけるのかしら。同級生はキャバ嬢《じょう》みたいな格好しているし、サークル勧誘の男はあんたたちのことを軽い女としか見てない」

「変なこと言わないでよ」

あたりに同級生がいないぶん、母はさらに辛辣《しんらつ》だった。

「とにかく、二年だからね。二年経《た》ったら、絶対にうちに帰ってくるのよ」

「はいはい」

美羽は適当に返事をしながら、本当は何があっても東京で就職し、絶対に岩手には帰らない、と決めていた。

あんな大変な思いをして家を出たのだ。もしも帰ったら、次に出られるのはきっと親が納得する相手とのお見合い話が決まってからだろう。


「……二年というのはあっという間です。来年には就職活動も始まりますし、ぼんやりしていたら、きっと何もできずに卒業してしまいます」

そういう教授の声がして、顔を上げた。

「皆さんは、何か一つくらいは成し遂げて卒業してください。今から何かしたいことを考えておいてください」

確かにそうだろうな、と美羽も思う。だから、絶対にこの東京に残りたい。就職するか、親が了承せざるを得ないような大学に編入するかして、絶対私はここに残る。

オリエンテーションが終わった後、立ち上がる同級生たちを見回して、誰か話せそうな人を探した。

学生たちは英文科だけでなく、国文科や栄養学科の人も混じっているので、誰に声をかけたらいいのかわからなかった。さらに、皆、すでに友達のようで、「元気？」「どこにいたの？　もう、探しちゃったよ」などと言いながらグループになっていった。短大には下からの内部進学者がいて、それは学生の半分ほどの数のはずだけど、それ以上に見えた。また、図らずも母が言ったように、皆、華《はな》やかでお金持ちらしく見えた。「キャバ嬢みたい」と言うのは、悔しいけど、少し当たっていた。

「あの、英文科ですか」

やっと、講堂の出入口近くで一人で歩いている、ひっつめ髪にチノパンという軽装の女の子を見つけて、ここ数年では一番の勇気を出して話しかけてみた。

「いえ、国文科です」

彼女はにこりともしないで答えた。

「あ、そうですか、私、英文なんだけど、誰も知っている人がいなくて」

「そうなんだ」

それでも、一応、話がつながってほっとした。

「どこから来たの？」

「私？　東京だけど……あ」

彼女は急に顔をほころばせて、美羽の後ろに手を振った。

「ごめん、高校時代の友達がいるから」

「あ、すみません」

彼女はそれきり、美羽の方には目もくれないで、走って行った。「やだー、遅刻するから会えなかったじゃん」という声が背中に聞こえた。

顔を上げたらもう、講堂にはほとんど人はいなくなっていた。美羽はとぼとぼと一人で駅に向かった。


「どうしたの？　そんな顔して」

夕方、駅前の青果店で美羽がじっとピーマンを見ていると、急に後ろから声をかけられて、飛び上がるほど驚いた。

文字通り、小さく叫び声を上げてしまったほどだ。

あたりの人、青果店の店員や他の客が振り返った。

声をかけてきたのは町田だった。笑いながら、「ごめんなさい、ごめんなさい」と周囲の誰彼となく、謝った。

「吉川さんたら、親の敵《かたき》みたいな顔でピーマンをにらんでいるから」

「いえ、安いからびっくりしてしまって」

あらら、私たち、入口で立ち止まってたらじゃまだわね……町田は小さく言いながら、さりげなく、美羽と自分を外に導いた。

「どう？　一人暮らしにはもう慣れた？」

新学期が始まって数週間、慣れたも慣れないも、まだ何もわからない。学校では授業は選んだし、クラスのオリエンテーションも済ませたけれど、まだ顔見知り以上の人はいなかった。

なんと言っていいのかわからなくて、思わず、口ごもってしまった。

「ピーマン、買っていくの？」

美羽が言葉に窮しているのがわかったのか、彼女は話を変えてくれた。

「いえ……すごいなと思って」

「ああ、値段？　ここはこのあたりで一番安いからね」

美羽は店先のピーマンを小さく振り返った。

「田舎より、安いから。うちのあたりでも一袋百円くらいです。でも、ここじゃ、二つで五十円で……」

美羽は言いよどんだ。

「ずっと、都会はなんでも高くて、住みにくいって聞いていたのに、こっちの方が安いだなんて」

もちろん、ピーマンだって親戚からもらえることもあるけど、身内や友達しかその特権はない。

「……東京には日本中のものが集まってくるし、その中でも安いものを選んでいるからだと思うよ。今のは宮崎《みやざき》産かな」

「そうですね。なんだか……」

美羽は、東京というものがなんだか、怖く感じられたのだ。巨大なブラックホールみたいになんでも引き寄せて吸い込んで、なんでも選べるけど、その選択肢を他の地域から来た人間には与えない街。

田舎者の自分は結局、東京では何も選べずに終わるのではないだろうか。友達もできず、すごすごと実家に帰ることになるのではないか。

でも、それを、町田にうまく説明することはできなかった。

「私も仕事のあと、ここで買って帰るの。家の近くよりずっと安いから」

「仕事帰りですか」

「そう」

「お疲れ様です」

「ねえ、家具とか、大丈夫？」

「あ、まだ、何もそろえてなくて」

「家に何にもないの？　コサカアパートは、台所には冷蔵庫もなかったわよね」

町田はちょっと上の方を向いて、何かを思い出すようなしぐさをした。さすがに不動産屋らしく、そういうことも覚えているらしい。

「はい。今は家の近くのコンビニで買って、その日のうちに食べたり飲んだりするようにしていて」

「冷蔵庫がないの、不便じゃない？」

「……はい」

「よかったら、私が言ったリサイクルショップ、見ていく？　紹介しようか」

実は、そろそろ家具をそろえなくてはと思いながら、町田のところに行っていいのか悪いのかもわからなくて、遠慮していた。

いいんですか、お願いします、と言おうと口を開こうとした時、町田が慌《あわ》てたように言った。

「あら、ごめんなさい。私、ずうずうしくて。忙しかったら、遠慮なく断って」

美羽はその慌てた様子に思わず、笑ってしまった。

「私もお願いしようかと思っていたので、一緒に行ってくださったらありがたいです」

なんだか久しぶりに、誰かと笑い合った気がした。相手は母と同じくらいのおばさんだけど。

「そう？　じゃあ、行こうか。今日、気に入ったのがなければ決めなくていいんだからね」

町田はそう言って、先に立って歩き出した。

店長と知り合いというのは本当のようで、店の奥の三十代くらいの男の人に話しかけると、彼はすぐに出てきてくれた。緑のＴシャツに大きな黒いエプロンをしていて、髪は金髪に染めている。後ろを向いたら背中に大きく「ＳＥＸ！」と書いてあった。美羽が一人だったら、とても話しかけられなかったに違いない。

「冷蔵庫？　今、あるのは四つだけなんだけど」

すぐに、店頭に並んでいるのを指さした。

「無印のシンプルなのと、東芝《とうしば》とあと、どこかわからないやつ」

無印の冷蔵庫は真っ白でかっこいいけど一番大きくて美羽の部屋には置けそうもなかった。東芝というのはベージュで、あとは緑の二層のものと、白くて小さな旅館の片隅《かたすみ》に置いてありそうなものだけだった。

値段は数千円から三万くらいまでと幅がある。

「どうする？」

町田は美羽の顔をのぞき込む。

「うーん」

きっと、彼女は一緒に部屋をまわるうちに、美羽の迷いやすく、こだわりが強い性格を見抜いているはずだった。

無印は絶対無理として、東芝も少し大きい。緑のは大きさも八千九百円という値段も悪くないが、ここまで強い色だと今後のインテリアが限られそうだった。一番小さいものは飲み物くらいしか入らない。でも五千九百円だし、最初はこのくらいの方がいいかもしれない。

「でも、これから料理とかするなら、さすがにちょっと小さすぎるかもしれない」

町田は首を傾げた。

「そうですよね」

実は美羽はほとんど料理ができない。家を出る時、母にご飯と味噌汁《みそしる》の作り方だけは改めて教わったけど、その間母は泣いていて、正直、作り方がまったく頭に入ってこなかった。でも、今後、料理をしないわけにもいかないだろう。

「緑って、意外と部屋に溶け込んで、気にならないですけどね」

金髪店長が急に口を開いた。

「そう？」

町田が懐疑《かいぎ》的な表情で、彼の顔をのぞきこむ。

「カントリー調とか、ナチュラル系とか、アメリカン、アジアンとかなんでも対応しますよ」

「本当かなあ」

町田が美羽の耳にささやく。

「迷うなら、少し考えてみたら？　冷蔵庫、大きいし、大事だよ」

美羽は店長の言葉に、確かに、意外にいいかもしれないと思っていた。緑と言っても、モスグリーンだから部屋になじみそうだし、美羽が考えていた部屋のプランもカントリー調だった。緑なら合うかもしれない。

「これ、買ってくれるなら、二千円安くして六千九百円にしますけど」

「え！」

思わず、町田と声がそろってしまった。

「あと、トースターも付けちゃう」

店長が少し離れたところにあった、トースターを持ってきて、冷蔵庫の上にのせた。

「トースターなら、電子レンジつけてよ」

町田が遠慮ない口調で言った。

「うわっ、町田さん、あこぎだな」

しかし、店長は文句を言いながらも、本当に一番小さい電子レンジを持ってきて、トースターの代わりに置いた。

「これで六千九百円、内税《うちぜい》だ。持ってけ泥棒《どろぼう》って感じですよ」

町田はまた、美羽の耳にささやく。

「そうは言っても、本当に気に入ってないならやめてもいいからね」

「……買おうかな」

つい口が動いてしまった。

「え、本当に？」

「はい」

なんだか、町田と金髪店長の会話を聞いていたら、本当に買いたくなってきた。

町田が店長に言う。

「じゃあ、これから、この子がこの店で買うものは二割引きにしてあげてよ。電灯とか本棚とか、これからまだいろいろ買う可能性があるんだから」

店長がこちらを見たので、美羽も慌てて、大きくうなずいた。

「まいったなあ。じゃあ、二割引きもつけますよ。その代わり、本当にうちで買ってくださいよね」

彼がその日の閉店後に部屋まで運んでくれることになって、お金もその時払うことに話は決まった。


金髪店長は本当にトラックで美羽の部屋まで運んでくれた。二階の部屋まで広いとは言えない階段をえっちらおっちら一人で上った。

「私、手伝いましょうか」

「いい、いい。慣れてるから、一人の方がバランスが取れるんだ」

レンジも運んで、キッチンの脇に置いてくれた。

「じゃ、六千九百円」

帰りにコンビニで下ろしたお金を渡した。

「どうも」

彼は札をお祈りするように受け取った。

「今夜、暇《ひま》？」

「え」

あまりに急な問いに、うまくリアクションが取れなかった。

「いや、今夜さ、高円寺の若い連中で……いや、若いったって、三十代も四十代もいるから吉川さんからしたら老人だけどさ、商店街にある沖縄《おきなわ》料理の店で飲むから、よかったら来なよ」

「はあ」

「気を遣うような奴《やつ》らじゃないし、若いメンバー、大歓迎だから」

じゃ、と手を振って、美羽の返事も聞かずに帰ってしまった。

窓から、店長のトラックが去って行くのを見ながら、「どうしようかな」と思う。

こっちに来てから、誰とも友達になってないし、まだ、ご飯を食べに行ったこともない。

クラスの皆は、もう、他大学のサークルの新歓コンパや仮入部に出かけているらしい。美羽は、入学式の日、チラシを一枚も受け取らなかったからどこにも行けない。誘ってくれる友達もいなかった。

授業さえ始まれば同じクラスの誰かと友達になれると思っていたけど、オリエンテーションでのことがトラウマになって、一人でいる子がいても話しかけられずにいる。

とにかく、誰かと話したいな、と思った。

家族や不動産屋さんじゃない誰かと。


ずきずきする頭を抱えて、美羽は朝の水を飲んだ。

酒はそんなに強い方じゃないし、一応まだ未成年だったから、最初はソフトドリンクを飲んでいた。でも、「大学生っていうのはもう酒飲んでいいんだよ」というどこの誰だかわからないおじさんの言うことに引っ張られて、つい、ライチソーダを飲んでしまった。味はジュースみたいなのに、ちゃんとアルコールが入っているんだな、と今、思い知らされる。

あの時、それまで集団の中で相手にされていなかったのに、急に自分に視線が集中して、なんだか嬉しくなってしまった。それがこの頭痛につながっているのだ、と考えると、自分の浅はかさにうんざりする。

スマートフォンがぶるぶると鳴って、何気なく画面を見ると、母からだった。

「あんた、何やってるのよっ！」

出るといきなり金切り声だった。

うんざりして、返事をする気にもならない。

「昨日からずっと電話してるのよ！　なんで、電話に出ないのっ。何度も何度も電話したのに」

「……ちょっと、友達と……ご飯食べてたから」

「東京に行っても、門限は十時だって言ってたよね？　それを破ったら、こっちに帰ってくる約束だったよね？」

「十時には戻ったよ」

うそだった。本当は十一時は過ぎていたと思う。

「じゃあ、なんで、電話に出ないのよ」

「だから、疲れて寝ちゃったの」

「何度も何度も電話したのに」

「ごめんね」

「なんかあったんじゃないでしょうね？　ママ、心配で心配で一晩眠れなかったんだから！　どれだけ心配したと思っているの？　本当に、どうしたらいいのかわからなくて……」

もう、涙声になっている。

「ママ、ずっと後悔してた。やっぱり、東京なんて行かせるんじゃなかった。美羽に何かあったら、それはママのせい。ママとパパが東京に行くのを許したからこうなったんだって、一生自分を許せない」

「だから、大丈夫だって」

「本当に、何かあったんじゃないのね？」

「何かって何よ」

そう尋ねると、母は口をつぐんでしまう。性的なことはあまり口にしない家だった。

「大丈夫だから、安心してよ」

「次からは絶対に、すぐに電話に出てよ。じゃなくちゃ、こっちに帰らせるからね！」

「わかってる」

「これから毎日電話するから」

「やめてよ……で、なんなのよ」

「え？」

「電話してきたのは、なんか用があるんでしょ」

「あ」

母はそれまでの取り乱しぶりが嘘のように、ふっと黙《だま》った。

「……あのね、美枝子《みえこ》があなたに会いたいんだって」

「へえ」

「別にいいのよ、お母さんの友達なんて、あなたは会いたくもないよね？　家に行ってご飯を食べるなんて、気詰まりで嫌でしょ。ただ、美枝子の家はあなたの学校の近くだから、時間があったら顔出してって言われたから……いいの、本当に行かなくていいんだけど、一応、伝えておこうかと思って」

「別にいいよ」

「え。別にいいって、どういうこと？」

「だから、行ってもいいよ」

「え」

なんど、「え」って言うんだよ、とうっとうしくもおかしくなる。

美枝子というのは母の学生時代の友達だ。高校の同級生で、親友だった。どちらかと言うときりっとしたタイプの美人の母とは反対に、美枝子さんはかわいらしい容姿だ。四十八になった今でも、三十代にしか見えない。学生時代、二人は地元の双璧の美人だと評判で、告白する男子の数を競っていたらしい。

高校卒業後母は地元の短大に入ったが、美枝子さんは東京の短大に行って、バブル崩壊《ほうかい》のぎりぎり前に航空会社に就職した。今なら客室乗務員、当時ならスチュワーデスというところだろう。そして、東京で大手商社の会社員と結婚した。

いまだに親交は続いていて、美枝子さんが実家に帰ってくる時は必ず会うし、電話で時々話しているし、LINEもやっているらしい。

でも、美羽は知っている。「また会いましょうよ、もう、美枝子が遊びに来ると生き返った気がするの。こんな田舎にいて美枝子だけが頼りなんだから。絶対、連絡してよね、じゃあね、さようなら」と、楽しそうに電話を切ったあと、母が深いため息を吐いているのを。

いつも、母は美枝子さんとは気を張って話しているように感じていた。

「あなた、美枝子の家に行きたいの？」

「だから、別に行ってあげてもいいよ」

美枝子おばさんが家に遊びに来た時など、なんどか挨拶したことがあるし、子供の頃は家に遊びに行ったこともある。優しいし、話せるし、母の友達や親族の中では嫌いじゃないおばさんだった。

それに母が言うように、今、美枝子さんは美羽の学校の近くのタワマンに住んでいる。夫の給料も悪くないが、その夫の実家からかなり援助をしてもらって買った物件だということだ。千代《ちよ》田《だ》区のタワマンからの風景も見てみたい。

「行ってあげてもいいよってことは、本当は行きたくないんでしょう。だから、そんな無理をしなくていいのよ」

「じゃあ、どっちでもいいよ」

「どっちでもいいって、どっちよ」

「だから、本当にどっちでもいいんだって」

「わかったわ、美枝子の方には私から上手に断っておくから」

もう、めんどうくさくなって、母の言葉に反論もせずに電話を切った。何か言ったら、さらに長くなりそうだ。

歯を磨《みが》いていると、昨夜のことが思い出されてきた。

ざわざわとした空気の中で、美羽はやっぱり、誰とも話せなかった。

金髪店長が言った通り、ほとんどは三十代くらいのおじさんばっかりで、美羽が沖縄料理店についた時は「わあっ」という声が上がるほど歓迎されたが、それが終わると、ほとんど誰にも話しかけられなかった。美羽は一番端《はし》で、「大学生っていうのはもう酒飲んでいいんだよ」と言われるまでずっと黙っていた。

大学にも、高円寺にも、自分にはどこにも居場所がない気がした。


数日後、母からまた電話があった。

幸いこの時美羽はアパートにいて、スマホで動画を見ていた。テレビはまだ買っていないが、上京する時に父が家族で契約《けいやく》しているスマホのＷｉ－Ｆｉの容量を上げてくれたので、動画を見ていると時間が潰《つぶ》せた。

スマホの画面に「ママ」という文字と母と美羽が仲良く顔を寄せ合っている写真が映し出されると、自分の顔なのにうんざりした。

「何よ」

つい、きつい声が出てしまった。

「そんな言い方ないでしょう」

しかし、母はどこか声が弱い。

「ちゃんとご飯食べてる？　今夜は何食べたの？」

「……お弁当とか」

本当は、あまり食欲がなく、余った南部せんべいと青果店で買ってきた安売りのバナナを食べて過ごしたのだけれど、それを言ったら絶対叱《しか》られる。

「お弁当なんて、ちゃんと栄養取れてるの？　お金かかるんじゃないの」

「……わかってる」

「今度、小包《こづつみ》でなんか食べるものを送ってあげるから、ちゃんと自炊して食べなさい。あ、お米も送るからね。お祖父《じい》ちゃんのお米、この間またもらったから」

「ありがと」

お米をもらったところで炊飯器《すいはんき》がないのだが、また、金髪店長のところで探せばいいと思った。

「で、なんなの」

要件を聞くと、母は一瞬黙った。

「……やっぱりね、行ってもらわないといけないかもしれない」

めずらしく力のない小声だった。

「どこに？」

「美枝子のところ。なんかね、美枝子が美羽にどうしても入学祝いを渡したいんだって。気を遣わないでって言ったんだけど、せっかく東京に来たのだからって」

「行ってもいいよ」

「美枝子のところ、男の子二人でしょ。美羽のこと、娘みたいに思っているからって」

「だから、いいって」

「そう？　本当に行くの。……あなたも忙しいのに、ごめんね」

なぜ、いつもぐいぐい自分の主張を押しつけてくる母が弱気なのかいまいちよくわからないまま、美枝子さんの連絡先を聞き、訪れる前に連絡することを約束した。


学校の帰りに美枝子さんの家に寄った日は快晴だった。

「こんなふうに見えるんですね」

美枝子さんの家のタワマンのダイニングから下を見下ろして、美羽ははしゃいだ声を上げてしまった。自分の大学が小さく見える。

「そう、だからね、あそこに美羽ちゃんがいるんだなあ、っていつも思ってたのよ」

美枝子さんが美羽の後ろに立つ。

「あっちが皇居《こうきょ》でしょ、それから東京駅もちょっと見えるわね。向こうが東京タワー」

「すごいなあ」

美羽は素直に感心してしまう。

「明日、学校で話したら？　大学を上から見たって」

美枝子さんは笑った。

「……まだ、友達いないから」

「そうなの？　紅茶、こっちで飲みましょ」

ダイニングテーブルで向かい合わせになってお茶を飲んだ。ダイニングは二十畳《じょう》ほどあって外からの光が入って、キラキラしている。田舎の家はどこも広いから、広さにはそう驚かない美羽だったけど、東京のこういう場所はきっとすごい高いんだろうな、ということはわかった。

「タワマンなんて、朝はエレベーターが混んじゃって下に降りるまで何十分もかかったりするし、あまりいいことばかりじゃないのよ。蚊《か》やゴキブリが出ないのはいいけど」

「そうなんですか？」

「害虫もここまで上がって来られないからね」

「うちのアパートはすごい出ますよ。この間、でっかいゴキブリ見て、びっくりしちゃった」

「あ、東京のゴキブリって、岩手より大きいよね。私もこっちに来た時は驚いたわ」

思わず二人で声を上げて笑ってしまう。

「修介《しゅうすけ》君と修一《しゅういち》君はまだ帰らないんですか」

「うん、高校と中学でしょ。夕方まで帰ってこないわよ。帰ってきたところで、ご飯を食べる時以外は私のことなんて無視だし」

美枝子さんは自分の母より少し結婚が遅く、三十代で二人の男の子を産んだ。二人とも受験して幼稚舎から慶應《けいおう》に通っている。きっと大学もそのまま慶應に進むのだろう。

「ね、美羽ちゃん、ざっくばらんに聞いちゃうけど、大学の入学祝い、お金とブランドバッグなら、どっちがいい？」

「え」

美枝子さんはかわいらしい顔に似合わず、率直な人だ。昔からそうなのかはわからないけれど、なんでもはっきりと聞いてくる。それでも、とっさにこの質問にはうまく答えられなかった。

「そうよね。バッグは見ないとわからないわよね、こっち来て」

そして、夫婦の寝室に連れて行かれた。大きなダブルベッドに濃い茶色のカバーが掛かっている。

美枝子さんがベッドの奥の戸を開けると、そこがウォーキングクローゼットになっていた。

「ええと、どこにあったっけ」

そして、大小のバッグを十ほど抱えて出てきて、ベッドの上に並べた。

「これ。もう使わないやつだから、この中から好きなもの選んで。それかお金、五万円とどっちがいい？」

「ああ」

そのいくつかはヴィトンとかディオールとか、フェンディとか、美羽でもすぐにわかるやつだった。小さなショルダーバッグからちょっとした旅行にも使えそうなボストンバッグまで、大きさも色もいろいろだ。

女子大生にとっては海賊《かいぞく》の宝箱より華やかな眺めだった。

「……いいんですか」

「うん。どれも二、三回くらいしか使ってないよ。傷とかもほとんどないと思う。これなんかどう？　そんなに新しくないけど、手軽に大学にも持って行けそうでしょ」

美枝子さんはヴィトンの小ぶりのボストンバッグを持ち上げた。

「あ」

あまりにもいろんなものがあって、目移りしてしまう。

「いや、ヴィトンはもう、古いかな。こっちのディオール、大きさもちょうどいいし、色もいいでしょ」

それもまた、小ぶりのボストンバッグだった。

「これ、黒に見えるけど、紺《こん》なの。服に合わせやすいよ。ヴィトンだとちょっとカジュアルだけど、これなら学校にも、ちょっとしたデートとかに持っていっても大丈夫だし」

結局、その紺のディオールのボストンバッグを選んでいた。

「ありがたいわあ。使わないバッグとかどうしてもたまってしまうし、うちは女の子いないから、バッグになんか無関心でしょ。こういうことしてみたかったの、楽しかった」

ダイニングに戻って、美枝子さんは満足げに紅茶を飲みながらもため息を吐いた。

「いいわねえ、小百合《さゆり》はお嬢さんがいて」

母を名前で呼ぶ人はめずらしい。父でさえ「ママ」と呼ぶくらいだ。

「でも、東京に来る時はケンカばっかりでしたよ」

美羽は自分の隣の椅子に置いてある、バッグをちらっと見ながら言った。これを今日、持って帰れるのかと思うと、気持ちがふわふわした。ブランドものに特別興味があったわけではないが、それでも明日からこれを持って学校に行けるかと思うと嬉しい。

「え、どうして？」

美枝子さんはその丸い瞳《ひとみ》を見開く。

「母は岩手大好きですもん。私が上京するって言ったら怒っちゃって」

「なにそれ。小百合こそ、昔は東京大好きだったのに」

美枝子さんは笑った。

「え、そうなんですか」

「うん。そうだよ。美羽ちゃんの東京行きは小百合が決めたのかと思ってた。それなら、それを口実に東京に遊びに来られるでしょ」

「そんなわけないですよ。私が東京に行くって言ったら毎日泣いてましたから」

「へえ、人って変わるのねえ。小百合は学生時代、何度も何度も東京に来てたのよ。お金なかったから電車乗り継いだり、深夜バス使ったりして。それで、私たちの合コンに潜り込んで、東京の男を捕まえようとして必死になってたの。結婚して東京に住みたくてたまらなかったのよ。でも、ぜんぜんうまくいかなくて、しかたなく地元の男と結婚したのよね」

あはははははは、という高笑いは、魔女の声に聞こえた。

「ちょっと、美羽、あんた、美枝子からブランドバッグもらったんだって？」

母があんた、と呼ぶのはやばい兆候だった。早朝の電話だったけれど、飛び起きた。

「おばさんがお祝いにくれるって言ったから」

「だからって、向こうの使い古しのバッグをあさるようなことしないでよっ！　恥ずかしい。美枝子ったら、美羽ちゃん、狂喜乱舞《きょうきらんぶ》してたわよ、そわそわしちゃって田舎の子ってかわいいわねえってあざ笑ってたわよ」

美羽は首を傾げる。まあ、喜んだけど、狂喜乱舞というほどではない。

「だって、お金かバッグか選べって言われたんだもん」

「知らないわよっ。お母さん、どれだけ恥ずかしかったか」

「そんなこと言うなら、ものはもらうなって、最初から言っておいてよっ」

恥ずかしさと、母の理不尽さと、美枝子さんへの不信感で、つい大きな声を出してしまった。

「ちょっとママの友達の家に行って、入学祝いをもらうだけでよかったのに、そんなこともできないの？　パパやママに恥をかかせて」

「ママだって、本当は東京に来たかったんでしょう」

「は？」

「本当は東京の男と結婚したかったのに、合コンうまくいかなかったから、しかたなく地元の男と結婚したっておばさんが言ってた！　いつもと言ってることが違うじゃん」

電話の向こうで母が息を呑《の》んだ気配がして、少しだけすっとした。

「自分が東京に来られなかったからって、私にも同じ境遇《きょうぐう》を押しつけないでよね。私がうらやましいの？　自分の不幸に私を巻き込まないで」

「美羽、そったなこど……」

母は混乱しているのだろう。たぶん、方言で話していることも意識してないくらい。

「なして、そったら怒るの！　ママの言うことわがらねぁー」

母につられて地元の言葉になった。

「わがらねなら、それでいいが、親に恥かがせるな。しょすかったっ」

母の方言も久しぶりに聞いた気がした。あまりにも頭にきて、美羽はそのまま、電話を切った。

「うー。うー」

美羽は自分の気持ちを処理できなくて、スマホを持ったまま、狭い部屋の中をうろうろした。檻《おり》の中の熊のように。

いったい、自分のどこが悪いのだろう。

母に言われた通り、母の友達の家に行った。そして、勧められたからバッグをもらった。何も落ち度はないと思う。

しかし、今回わかったのは、二人の間にそんな複雑なわだかまりがあったということだ。いや、わだかまりがあるのは母の方だけかもしれない。だけど、美枝子さんもどうしてそんなことを私にしたり、言ったりするのか。男の数を競っていたのは昔の話だと思っていたけど、今は幸福の数を争っているのかもしれない。

そこまで考えた時、家のインターフォンが鳴った。

驚いて、しばらくドアを見つめてしまった。すると、「ピンポン、ピンポン」と矢継ぎ早に鳴らされる。それが鳴るのは、金髪店長が冷蔵庫を運んできて以来だ。だいたい、ここに美羽が住んでいると知っている人もほとんどいない。

そっと、ドアののぞき穴をのぞく。

宅配の青い制服を着た男が大きな段ボール箱を持って立っていた。

「はーい」

慌てて、髪をかき上げてドアを開けた。

「吉川さん？　宅配便です」

「あ」

ハンコがないことに気づいた。

「サインでいいですよ」

「はい」

サインをしている時に、差出人がわかった。母だ。

「結構、重いです」

「じゃ、ここに」

玄関の足下に置いてもらう。

配達人が去ってドアを閉めると、慌てて引きちぎるように箱を開けた。

最初に目に入ってきたのは地元の新聞「岩手日報」だった。荷物の上にかぶせるようにのっていた。それを取り除くと、新しいビニール袋に入ったままの暖か下着が、白と黒二枚、やっぱり全体を覆《おお》うようにのっていた。それは長袖のシャツ、通称ババシャツで、ユニクロのヒートテックとかではなく、どこのメーカーかよくわからない品だ。地元の商店街で買ったものだとすぐにわかる。

「東京はもう、岩手みたいに冷えないんだからね」

思わず、小声で言ってしまう。

その下には袋入りの鰹節《かつおぶし》と海苔《のり》と、小袋に入ったおかき。鰹節や海苔は、これでご飯を食べろということだろうか。おかきはもらい物かもしれない。信金に勤める父の元には、いつも何かしらの贈り物が届いていたから。

「こんなの東京にも売っているんだって」

また、自然に小言が出てしまう。

次に大きめのプラスチック容器が出てきた。大きい方を開くと、クルミがんづきが出てきた。

「あ」

がんづきは地元の言葉で、黒砂糖や玉砂糖を使った茶色い蒸《む》しパンだ。玉砂糖というのは東北で売っている、ところどころが塊《かたまり》になった茶砂糖だった。それを使うとがんづきの中に黒く甘いシミができておいしい。

がんづきは父方の祖母の得意な菓子だった。美羽が好きなので、母は作り方を習って、何度も作ってくれた。祖母のものは玉砂糖を使って、クルミを中にも外にもいっぱい入れるのが特徴だ。

思わず、指でちぎって頬張《ほおば》る。玉砂糖の味とクルミの香りが舌にしみいる。

「うんめえ」

思わずうなった。

祖母は厳しい人で、母は少し苦手だったのを知っている。だけど、美羽がせがむから母は頭を下げて、作り方を習ったのだ。

「がんづきの作り方も知らねで、嫁にきたか」

そんな嫌《いや》みを言われながら習っていたのを、昨日のことのように思い出した。

もう一つのプラスチック容器も開けてみる。

そこには茶色くて丸いものがぎっしりと入っていた。

心がしんとなった。

美羽は一つ、取り出してじっと見た。きっと、東京の人にはこれがなんだか、わからないだろうな、と思った。

ビスケットの天ぷら、という、母の実家がある村だけの菓子だ。

母が生まれた山間《やまあい》の村は、真冬は雪が二メートル以上も降り積もる。雪深く、時には孤立してしまうような村で、食料が不足してしまった時、希少なビスケットに衣を付けて揚げたのが始まりだったと聞いている。岩手のたった一つの村だけで作っていたものだけど、最近、地元の番組で取り上げられたことをきっかけに、少し知られてきているらしい。

嚙《か》むと、はふっと懐かしいとしか言えない味がした。ほのかに甘く油っこい。ビスケットのサクサク感はなくなって、柔らかい素朴《そぼく》なドーナツのようになっている。

これもまた、美羽の大好物だった。

「美羽は変なものが好きだね」

母は嬉しそうに言って、二人でよく作って食べた。母はこれをなぜか、父や兄には出さなかった。母と美羽の内緒のお菓子だった。父に田舎の菓子だと馬鹿《ばか》にされるのが嫌だったのかもしれないし、男が食べるものではないと思っていたのかもしれない。

嚙むごとに、涙があふれてきた。

母は小さな村に生まれ育ち、でも、勉強ができたから自分で強く希望して、盛岡市の高校に進学した。親戚の家から通ったと聞いている。

その人が、さらに「東京へ」と希望したとて、何がおかしかろう。そして、夢破れて、東京が

「大嫌い」になっても不思議はない。

　容器の下に手紙があった。

　身体に気をつけて、だの、門限守りなさい、だの、いつもの小言が書かれた後に「がんづき」の作り方が書いてある。そして「かーさんケット」入れておくから、自分で揚げて食べなさい、ともあった。材料の米粉も添えられていた。

　――美羽もわかっているだろうけど、ビスケットの天ぷらは作りたてが一番おいしいんだから。

　袋入りの「かーさんケット」は素朴なビスケットで、それじゃないと本当のビスケットの天ぷらにならない、と母は常々言っていた。二十四枚入りが三袋も入っている。

　衣のレシピは、小麦粉と米粉を半々にベーキングパウダーと砂糖を加えたものだった。昔は手に入りやすい米粉だけで作っていたらしい。

　途中、「ホットケーキミックスで作ると良い」という噂をどこからか母が聞いてきて、それも試してみた。ぷっくりと大きく膨《ふく》らみ、甘みの強いできあがりに、美羽も母もしばらくは夢中になったが、数回作ると飽きてきた。

「やっぱり、前のがいいな」と美羽が直訴《じきそ》すると、「こっちの方が楽なのに」と文句を言いながら、元に戻した。やっぱりどこか嬉しそうだった。

　小包には他に、祖父が作った米と、隙間《すきま》にストッキングと靴下が詰め込まれていた。

　美羽は「かーさんケット」の袋を開けてそのまま食べた。マリーのビスケットに比べると、さっぱりした甘さで、しゃりしゃりした硬い歯ざわりだ。

　食べながら思う。母の気持ちも少しは理解できたし、小包は嬉しい。

　でも、どんなにビスケットの天ぷらが甘くとも、東京に残りたい気持ちは変わらない。

さくっと鳴るビスケットの音。

これは母と自分との、長い戦いのゴングなのだ。


「あ、それ、かーさんケットだよね」

声をかけられて驚いて振り向くと、授業で時々一緒になるクラスメイトだった。いつも三人で行動している子たちだ。持ち物や服装は特に派手でもなく、でも、大きな声でしゃべる元気そうな人たちばかりで、美羽はどこか気後《きおく》れしていた。

美羽は、母が入れてくれた、大量の「かーさんケット」を教室の隅で袋から出してそっと食べていた。お金がなくて、昼食代わりに持ってきたのだ。

「う、うん」

びっくりして、思わず、口ごもってしまう。

「え、吉川さんてもしかして、岩手？」

「うん」

「あたしもだよ、花巻《はなまき》」

彼女が気軽に手を出してくる。握手を求めているのだと気がついて、自分も差し出した。

「盛岡です」

「めっちゃ、懐かしい」

「花巻にもあるの？」

「私が子供の頃はそんなになかったけど、最近は時々見かける」

「……よかったら、食べる？」

袋ごと差し出した。

佳乃《よしの》、と彼女を呼ぶ声がした。他の二人が後ろから呼んでいた。

彼女はそれに答えず、美羽が出したかーさんケットをぱくっと食べた。

「ビスケットの天ぷら、知ってる？」

うろたえながら、やっと尋ねた。

「もちろん。あー、最近食べてないわ。あれ、おいしいよね」

「今度作るけど、よかったら、食べる？」

勇気を出して、言ってみた。

「それ、嬉しい、絶対ちょうだい」

「うん、作ってくるね」

「私たち、皆、東北なんだよ」彼女は他の二人を振り返りながら言った。

「あたし、秋田《あきた》」

「福島《ふくしま》」

二人も口々に自己紹介する。

「そうなんだ！　東北の人、私の他にはいないと思ってた」

「今度、お茶でも飲みに行こうよ」

じゃあね、と手を振った。

そして、三人で一緒に出て行った。

その後ろ姿を見ながら、友達ができるのはまだかもしれないけど、話せる人はできたような気がした。

第二話　ママはキャリアウーマン

――そろそろ仕事は見つかった？

スマートフォンの画面にその言葉が見えて、新井莉奈《あらいりな》は既読《きどく》がつかないように、そっと閉じた。

夫の大樹《たいき》が少し前に会社に出て行ったすぐ後の時間だった。

毎朝、「あー、嫌だなあ」と小学生のように駄々《だだ》をこねる。北海道《ほっかいどう》の札幌《さっぽろ》から車で一時間ほどの町に転勤してきて、平均年齢の高い支社の雰囲気《ふんいき》にまだ慣れないらしい。

大卒の大樹の役職は係長で、現地採用の年上の部下もいる。転勤したばかりだからわからないこともいろいろあるのに、質問するたびに嫌《いや》みを言われて、それがつらいようだ。

以前は東京の新橋《しんばし》にある本社で同年代の社員がたくさんいて風通しがよく、活力がありながら和気藹々《わきあいあい》とした雰囲気だった。とはいえ、若手は二十代のうちに地方に出されるのは決まったコースだからしかたがない。

少しでも元気になってもらいたい、と毎朝お弁当を作ってもたせている。多少なりとも大樹の力になれればと思えばこそだ。今朝は白いご飯にミートボール、甘い玉子焼《たまごや》き、ブロッコリーのごま和《あ》え、人参《にんじん》のナムルと、彼の好物ばかり。色目もきれいで莉奈も満足した。何かにアップするあてもなく、スマホで写真を撮る。

午前中は、前日の風呂の残り湯を使って洗濯機《せんたくき》を回す。その間に朝食の片付けをして、掃除《そうじ》をする。

１ＬＤＫの部屋はそう広くないが、新築だ。社宅はなく、自分たちで選んだ部屋を会社が借り上げる規定になっていた。真っ白なクロスにパイン材の床、どんなふうにでもインテリアでアレンジできるこの部屋に、莉奈は今、夢中になっている。

洗濯が終わると、残り湯を抜いて風呂もピカピカに磨《みが》く。

毎日、こまめに掃除している狭《せま》い部屋の一通りの家事が終わってもまだ、十時にもならない。

莉奈は朝の情報番組を観ながら、ミルクで丁寧《ていねい》に紅茶を煮出《にだ》してロイヤルミルクティーを作って飲んだ。今日はクッキーでも焼いてみようか。

幸せだ、としみじみ思う。

そして、気持ちに余裕ができたので、勇気を出してえいやっとLINEを開いた。

――そろそろ仕事は見つかった?

――ママのお友達の夏目《なつめ》さん、やっぱりあなたのように旦那《だんな》さんの転勤についていって、でも、地元で保険会社に就職して資格を取らせてもらって、キャリアを築いたんですって。保険会社ならどこに行っても働けるし、転職も気軽にできそうよね? 今度、話を聞いてみようか。

――それから、ご近所の沙織《さおり》ちゃん、覚えてる? あなたの六つ上で、夕方はいつも道路で縄跳びしてた子。やっぱり、ご主人の転勤で引っ越した後、東京に戻ってきて、テレフォンアポインターをやってたんだって。アルバイトから始めて、その後、全国大会で優勝して、今は指導者として本社の社員になったんだってよ。すごいわよね。

――この間、テレビで、やっぱりあなたみたいに旦那さんと転勤で地方に行ってキャリアが潰《つぶ》されたあと、地元の窯《かま》で陶芸《とうげい》を習うことになって、最初はただの趣味だったけど、そこから才能が開いて陶芸家になった女性の話をやってたわよ!

――頑張《がんば》れば、道は開けるのね。アルバイトからだって社員になれるのよ。ママだってそうだったの。あなたも諦めないで頑張って。

このまま黙《だま》っていると電話がかかって来かねないので、「ありがとう」というスタンプを押して、さらに「もう少し、こちらの生活が落ち着いたら考えなくちゃね。ありがとう！」と書いて送った。

深い深いため息が出た。


莉奈はおうちが大好きだ。

こちらに夫とともに転勤してきて数ヶ月、狭いけど新しくてかわいい部屋に住んで、楽しくてたまらない。

家はＪＲの駅から自転車で二十分。小型車は大樹が朝晩の通勤に使っているから莉奈の足はもっぱら自転車のみである。けれど、自転車で行ける範囲に大型スーパーが二つもあるから、まったく不満はない。大樹は「ここにいる間だけでも、軽自動車買おうか。莉奈も必要だろう」と言ってくれるけど、今のところは大丈夫だ。

だって、莉奈は家にいられるだけで幸せなのだから。

それでもスーパーには毎日行く。

朝、チラシをチェックし、特売品が多い方の店を選ぶ。

スーパーを一通り回って、お買い得商品を中心にその日の夜と翌朝、お弁当の献立《こんだて》を考える。

最初はまとめ買いも試してみた。でもそれだと外出しない日は時間を持て余してしまうし、うまく食材を使い切れない時もあって、毎日買い物をする方が自分には合うとわかった。

一通りの買い物が終わると、百円でコーヒーが飲める店内の休憩所《きゅうけいじょ》で休みながらスマートフォンをいじる。書店や百円ショップもそろっているから、それらを見て回るのも楽しい。帰ってきたら、家計簿を丁寧につける。

莉奈の家計簿は、書店などで売っているものではなく、大学ノートに自分で線を引いて使っている。見開き一ページを一ヶ月分として、左上に、毎月の決まった支払い項目、電気、ガス水道、携帯の料金などを書き、その隣に今月の支出予定、結婚式のご祝儀《しゅうぎ》や飲み会などを記す。ノートの残りの部分は縦にすべて四等分する。それはレシートとほぼ同じ幅となるのでレシートを見ながら、買ったものをそのまま書き写していく。最後に、一日に使った分の合計を書いて、月々の予算から引いた額も書く。それぞれ、色分けして、五色のペンを使っているからカラフルだ。

家計簿をつけると自分がどれだけ使ったかわかるし、その月に今後どれだけお金が使えるかもわかる。

しかし、何よりも、こうして細かくきれいにノートを埋めていくのが一番楽しいのかもしれない。時々、ぎっしりと数字や文字の並んだノートをぱらぱらめくるのが快感だった。

莉奈は字がきれいで、ちょっとしたイラストも得意だ。日記でも手帳でも書くのは昔から大好きだった。学生時代も成績はともかくノートは完璧で、いつも友達に貸していた。

「うわー、莉奈ちゃんのノートかわいい。きれい」

「別にー、たいしたことないよ」

謙遜《けんそん》しながら、感嘆《かんたん》の声を待っていた。

「莉奈はお人好し過ぎるよ。授業やノートをサボってた子が良い成績を取っちゃったら、馬鹿《ばか》みたいじゃない」

勝ち気な母は、いつもそう言って呆《あき》れていた。

そして小声で、そういうところパパそっくり、とつぶやいていた。


夕方になるとテレビをつけて、ニュースを流しながら晩ご飯を作る。

今日は、キャベツが安かったから、ベーコンも加えてパスタにする。主菜は特売で百グラム八十九円になっていた鶏《とり》もも肉を皮がぱりぱりになるように焼いて、岩塩と胡椒《こしょう》をガリガリひいて振りかけた。皮が上手に焼ければ、シンプルな味付けが一番いい。他に、ジャガイモの冷たいスープと少しずつ残った野菜を千切りにして塩とオリーブオイルで和えたサラダも作った。スーパーのプライベートブランドの白ワインも冷蔵庫に冷やしてある。

夫はこちらに来てから、和食より、イタリアンやフレンチ、エスニックなどの、外食みたいな料理を食べたがるようになった。

東京にいた頃より、会社の飲み会や外食が減ったから、そういうものが食べたいそうだ。

「田舎《いなか》じゃ、簡単にイタリアンなんて食べられないもんな。せめて家ではおいしいもの食べたいよ」

こちらに引っ越してきた初日、まだ、部屋の片付けが済まなくて入ったイタリアンレストランが、イタリアンとは名ばかりで、出来合いのナポリタンやミートソースを使ってあるような店だった時から、大樹は愚痴《ぐち》るようになった。

家でご飯を食べるのも嫌いじゃないからかまわないけど、夫はたぶん、こちらに転勤になったことの不満をぶつけているのだろうとわかっていた。

七時過ぎには大樹が帰ってくる。

本社にいた時は残業も多く、それがない時は先輩《せんぱい》たちと飲み会に行くから帰宅は十時過ぎだった。莉奈も働いていたからちょうどよかったのだが、今の支社では、残業はほとんどない。

「ただいま」

それでも、顔は本社の時より疲労の色が濃い。

「おかえりなさい。ご飯、すぐ食べるでしょ」

「うん」

大樹が帰宅すると、文字通り、いそいそと迎えてしまう。

湯はすでに沸かしていた。パスタを茹《ゆ》で、できたてのキャベツのペペロンチーノを食べてもらうつもりだった。

疲れ切っていたように見えた大樹も、白ワインを飲んで、鶏肉のソテーを食べる頃にはずいぶん緩んだ顔になっていた。

それを見るのが嬉《うれ》しい。

食後は大樹の好きな旅行番組を観て、次に莉奈の好きなドラマを観る。テレビを観ながら、お互いに「今度、温泉行こうか」「あの女優さん、ちょっと太ったよね？」と他愛《たわい》ないことを話し合う。

ドラマで、結婚に迷うヒロインが「今は仕事が大切だから」と友人に話しているシーンを観ていて、大樹が「今時、こんな女いるー？　仕事と家庭とで迷う女とか」とつぶやいた。

「どういう意味？」

「仕事と結婚に迷うとか古くない？　皆、普通に仕事続けてるじゃん」

思わず、大樹の横顔を見てしまう。特に、他意があるようには思えない。相変わらず、緩んだ表情だった。自宅にいる、リラックスした顔。

「……私は仕事辞めたけど？」

「それは、俺の転勤があったからさ。莉奈だって、仕事したけりゃしていいんだよ」

「大樹も私が仕事した方がいいと思ってるの？　この、まだ慣れない土地で？」

「へ」

莉奈の口調の変化に気づいたのだろう。彼が少し驚いたような声を上げた。

「別にどっちでもいいよ、ってこと」

「やっとこっちにきてまだ慣れたとも思えないし、知り合いもいないのに、仕事を探せってこと？」

本当の理由は他にあったし、この言い方だと、いつか土地に「慣れた」時はまた仕事をしない理由を見つけないといけなくなるのはわかっていたけど、つい口走っていた。

「いや、だから、別にどっちでもいいって。でも、退屈しない？　一人で家にいて。することもないだろう。それに、仕事をした方が知り合いや友達もできるかもよ」

思わず、席を立ってしまった。そのまま無言でキッチンに向かって、夕飯の片付けを始める。

一人で家にいて、することもない？　大樹にはこの快適で完璧な暮らしがどうやって保たれているのかわからないのだろう。

そりゃ、家の掃除を完璧にして、夕飯の下ごしらえをしても時間が余ってしまって、つい、昼寝をしてしまうこともあるけれども。

「うちの母親もさ、莉奈さん、まだ子供もいないのに、家で暇《ひま》じゃないのかしらって心配してたぞ」

自分が悪いわけじゃないと言わんばかりに、大樹は言葉を続ける。

フォークの先についた粘《ねば》り気《け》の強い脂《あぶら》を洗いながら、きっと悪気もなく言っているはずの義母《ぎぼ》も、自分の母親も大樹もまとめて、このフォークでぶっ刺してやりたい、と思った。


莉奈は東京の杉並《すぎなみ》区に生まれた。

両親は結婚当初は共働きで、母、松永敬子《まつながけいこ》は出産時に退職した。

「そういう時代だったのよね」と今でも遠い目をして語る。

莉奈が生まれたすぐ後、二十代後半だった父は激務の部署に配置された。社内の出世コースだったので最初は喜んだが、母の方は一人で子育てをすることになり、育児ノイローゼ寸前になったらしい。

莉奈が幼稚園《ようちえん》に入る頃になると、母はパートタイムで働ける場所を探し始めた。しかし、希望の事務職はどこにもなく、募集があればすぐに独身の若い女性で埋まってしまうのが常だった。その中で母はやっと、廃品《はいひん》回収会社の事務という仕事を見つける。

完全な男社会で荒《あら》っぽい人間も多い業種に、母は泣きながら食いついた。気の短い出入り業者に怒鳴られても、図々しい客に理不尽なクレームを付けられてもやめることはなかった。次第に社内でも「敬子さんに頼んでおけば大丈夫」「わからないことは敬子さんに聞いて」と言われる存在になったらしい。

しかし、莉奈出産時に一人で子育てした苦労は、母と父を蝕《むしば》んでいた。母はいつも嫌みっぽく、父は家庭から逃げていた。

莉奈が小学校中学年の時、父の浮気が発覚したことが離婚の発端《ほったん》となったが、その前から家族はすでに瓦解《がかい》していたように思う。

いろいろもめたけど、母は莉奈とマンションを取り、父が家を出て行った。父がマンションのローンをこれからも払い続けることが、養育費の代わりとなった。

母の仕事人間ぶりはそれから拍車《はくしゃ》がかかった。

事務だけでなく、自らも廃品回収の現場に行って仕事を覚えた。廃品回収の仕事では、時に一軒家の中の家具や電化製品、すべてを処分するような仕事もある。そんな時、母は頼まれてもいないのに自主的に室内を掃除した。

その丁寧な仕事を見込《みこ》んで、現場で配った名刺《めいし》を見て直接、指名で依頼してくれる人も出てきた。莉奈が高校生になる前には、会社の社長から「独立してみたら？」と勧められ、迷ったあげく、廃品回収、掃除、時には室内の簡単な修繕《しゅうぜん》まで受ける会社を立ち上げた。買い取ったり、夜逃げされたりした物件の室内を整理してもらいたい不動産会社に重宝され、大口のお得意さんがいくつも現れて、会社は少しずつ大きくなっていった。

今では廃品回収だけでなく、掃除部門を大きくして女性を多く雇い入れ、派遣の室内クリーニング業も始めている。ゆくゆくは料理や育児も取り入れて、家政婦会社を別に立ち上げたいらしい。

母ががむしゃらに働く裏で、莉奈はずっと鍵《かぎ》っ子《こ》だった。

七時前に母が帰ってくることはほとんどなく、しかし意地のようにちゃんとした食事は作り続けた。

でも、母は頭の半分はいつも仕事のことを考えていて疲れ切っており、食卓に会話はなかった。土日も関係のない仕事で、莉奈はひとりぼっちで休日を過ごすのが普通だった。

あれでよくぐれなかったと褒めてもらいたいくらいだ。几帳面《きちょうめん》な性格で、成績がそこそこよかったからぐれるような機会がなかっただけで、周りにおかしな友人がいればすぐにでもその道に入っていたと思う。

塾や習い事は好きなようにしてきたし、お小遣いもちゃんともらっていた。金銭面で不自由を感じたことはない。その後は、東京のまあまあの私立大に入り、好景気のおかげもあって大手食品メーカーに就職が決まった。福利厚生《ふくりこうせい》が整い、女性にも優しいと評判の企業だった。

母の喜びようはただごとではなかった。内定が出たことを出先から報告した時には電話口で号泣していた。

「これで、莉奈も一生働き続けられるわね。ママの人生の仕事も半分は終わったようなものよ」

その後、二人きりでお祝いの食事をした。母が懇意《こんい》にしている、西麻布《にしあざぶ》のフレンチレストランだった。会社が波に乗ってから使うようになった店だ。席に着くと、シェフが「松永様、いつもありがとうございます」といそいそと挨拶《あいさつ》に来た。きっと接待に何度も使っているのだろう。

「ママは、私に、会社を継いで欲しいと思ってないの？」

この時、ずっと気になっていたことをおそるおそる尋ねると、母はきっぱりと首を振った。

「そういう気持ちもなかったわけじゃないけど、社員にちゃんと給料を払えるか、オフィスの家賃を滞納《たいのう》しないか、毎月、毎月、ドキドキしているの。娘にこんな苦労はさせられない。大きな会社で働けるなら、それに越したことはないわ」

その席でも、母は時折涙を流し「これでママはいつでも死ねる」と大げさなことを口走っていた。

「何言ってるの、まだ、ぎりぎり四十代じゃん」

その時は母の言葉に大笑いしたのに……。

思えば、大樹との結婚くらいから雲行きはあやしくなっていた。

彼とは、新橋の会社が集まる若手交流会で入社直後に出会った。損害《そんがい》保険会社に勤める同い年の大樹とはすぐに意気投合して、二年後に転勤が決まると同時にプロポーズされた。莉奈は二十四歳だった。

「大樹さんはいい人だけど、早すぎる。彼の方もまだ二十四歳なんだし」

付き合い出した当初、紹介した時は喜んでいたのに、結婚を報告すると、母は渋面《じゅうめん》を作った。

「転勤の間、遠距離恋愛を続けながら、莉奈もこちらでキャリアを積めばいいじゃないの」

しかし、会社内で、年上の先輩たちを見てきた莉奈は母の言うことにどうしてもうなずけなかった。

やりがいのある仕事、恵《めぐ》まれた福利厚生のおかげで、逆に婚期を逃してしまった先輩女性社員がたくさんいた。三十五を越えてやっと結婚しても、子供を授かれずに不妊治療《ふにんちりょう》に通っている人もいた。

「本当に好きな人と結婚できるチャンスは、人生に何度もないよ」

ある四十代独身の先輩は、昼ご飯を食べながらつぶやいた。

「学生時代に付き合っていた男と結婚できずに別れたら、もう二十三、四でしょ。それから数年でまた別の男と付き合えても、結婚しなかったらすぐに三十になるじゃない。真面目《まじめ》に付き合っていたらすぐに三、四年は経《た》つし、ちゃんとした人ほど結婚は遅れたりするのよ」

一理ある、とうなずかざるを得なかった。

確かに、まだ早いかもしれない。だけど、これを逃したら、次はいつになるのか。

何より、背が高く、おおらかで優しく、顔もタイプの大樹が大好きだった。

母は最後には結婚を認めてくれたけれど、仕事を辞めることは猛反対《もうはんたい》し、大樹を単身赴任させればいいと言い出した。

「いったい何のために苦労して、自分の会社を継がせることも諦めて、あなたを大会社に入れたのかわからない」

それも彼についていきたくて押し切った。

母が出してきた最低条件は、東京で結婚式をきちんとやることというものだった。

転勤間際だったし、莉奈も大樹も家族の顔合わせの食事会くらいしか考えていなかったのに、

「それだけはどうしても妥協《だきょう》できない」と言われた。

「費用は私が持つから、ちゃんとした結婚式をしてほしい」

しかたなく転勤後、東京のホテルで結婚式を挙げた。打ち合わせに何度も上京することはできず、ほとんどは母が執り行った式となった。親族だけという約束で計画を始めたのに、母の仕事関係者を呼びたいという願いを受けたら、三百人規模の会になったのも予想外だった。

しかし、まあ、それだけは母の意地だったのかな、と今では少し諦めている。

女手一つでここまでやってきた、ということを母は仕事仲間や親族に見せたかったのだろうし、何より、自分を裏切った夫に見せつけたかったのだと思う。父と新しい奥さんは、会場の隅で小さくなっていた。

幸い、大樹の両親や祖父母がとても喜んでくれたため、今ではまあ、よい思い出になったかなと納得している。

本当は心の奥底でずっと思っていた。

母はすごい。とても努力している。自分をよく育ててくれた。いつもなんでもよくできた母。おしゃれで仕事も家事も完璧だった。

でも、お母さんみたいには、絶対、なりたくない。

働いてぼろぞうきんのようになって、経済的には豊かだったけれど、莉奈はずっと孤独で一人ぼっちだった。

強い不満をもらしたことはない。母はいつも「これは莉奈のためだから」と言っていて、それに反抗することもできなかった。

だけど、本当は、母が働いていたのは自分自身のためだったのではないか、と思う。

だいたい、離婚だって、母が働いていなければ防げたかもしれないとさえ考えることもあるのだ。

私は絶対に、自分の子供に寂《さび》しい思いなんかさせない。

家庭をおろそかにしてまで、働く必要なんてない。

北海道に引っ越してきてから、スーパーに、ずっと違和感のある一角があった。

惣菜《そうざい》売り場だ。

莉奈はほとんど手作りで食卓を整えているから、そこに立ち寄ることはまずない。けれど、スーパーの売り場の最後の方なので動線に従っていると自然に前を通ることになり目を奪われる。

ここに数々の揚《あ》げ物《もの》やおいしそうな煮物《にもの》に混じって、赤飯《せきはん》が二種類、並んでいるのだ。

普通のと、なんだかやたらと豆が大きい赤飯と。普通の小豆《あずき》の三倍くらいある赤い豆は、金時《きんとき》豆《まめ》のように見えた。

最初は、「ふーん、北海道は金時豆を使う赤飯があるのかな」と思ったくらいだった。時間が経つにつれ、「赤飯を炊く時、小豆と同じように金時豆を一緒に入れて、ちゃんと柔《やわ》らかくなるのかしら?」「ならないとしたら、豆は別に煮ておくのかな。手間がかかりそう」「小豆みたいに金時豆はご飯を赤くできるのかな」など、次々疑問がわいてきた。最初に気になってから数週間後、やっと手に取ってみた。

その時、気がついたのだ。その赤飯のシールには「赤飯(甘納豆《あまなっとう》)」と書いてあることに。

「甘納豆……?」

さらに首を傾《かし》げずにはいられなかったが、一方で妙な納得感もあった。

この大きな豆は甘納豆だったのか。さらに近くで見るとご飯の部分が妙に赤い。

赤飯なのだから当たり前だと言われそうだが、隣の普通の赤飯と比べても、鮮《あざ》やかなピンク色である。

味がまったく想像できない。

食べてみたい、という気持ちもないではない。しかし、特に何もない普段の日に赤飯を食べる、という習慣は莉奈にはなかった。

だいたい、と惣菜売り場を離れながら、莉奈は考えた。

普通の赤飯というもの自体、あまり食べたことはなかった。

まず、母の敬子が赤飯を作らないし、教えてもらったこともない。

敬子はお祝い事があれば高級レストランでご飯を食べることを好んだし、もしどうしても赤飯が必要なら買ってきたはずだ。

赤飯は確か、小豆を水に浸して、ご飯は餅米《もちごめ》を使うのではなかったか……料理上手を自認している莉奈にも、とっさには作り方が思い浮かばなかった。

結婚してからも、赤飯を炊いたり食べたりしたことはない。夫の大樹は和食があまり好きではなく、赤飯を炊くような行事もなかった。

そんなふうに考えながら、莉奈はスーパーに寄るたびにちらっと北海道の甘納豆の赤飯を見てしまうようになった。

時には手に取って、じっと見たりする。でも買わずに戻す。

赤飯を食卓にのせるなら、他のおかずも和のものにしなければならないし。いったい、この甘納豆が混ざったご飯になんのおかずを合わせたらいいのかわからない。

さらに一ヶ月ほど経った時、いよいよその機会が訪れた。

莉奈が甘納豆赤飯をじっと見ていたら、それをまさに手に取ってカゴに入れた老婦人がいたのだ。

「あの」

自分でも驚いたことに、莉奈は話しかけていた。そんなこと北海道に来て初めてのことだった。

「はい？　何？」

ありがたいことに、彼女は温和な表情でこちらを振り返った。

「あの、これ……お赤飯ですけど、あの、どんな味っていうか、この赤飯と、こっちのと、味、違うんですか」

あまりにもドキドキして、質問がしどろもどろになってしまった。

「あなた、もしかして、内地《ないち》の方？」

「え？」

「北海道じゃなくて、本州《ほんしゅう》の人でしょ?」

北海道では、東京など本州のことを「内地」と呼ぶのは知識としては知っていたが、使っているのを聞くのは初めてだった。

「あ、はい」

「じゃあ、わからないわね。これはね、北海道の赤飯。甘納豆が入っててね、おいしいのよ」

彼女はにっこり笑った。

しかし、その説明ではどんな味かわからない。

「甘いんですか」

「うーん、甘いって言うか……まあ、甘いけど、ご飯の部分はそんなに甘くないわよ。お店によってはね、しょっぱいときもあるの。店によって結構、味が違うからね。私はここのが好きなの。昔は自分でも炊いたけど、一人になったからもう作らなくなって、もっぱらここのを買ってるの」

「じゃあ、ご飯の味は普通の赤飯と同じですか」

「いえ、それは違うわよ、ぜんぜん違う。だって甘納豆だもの」

どうも、自分で食べてみないと味はわからないような気がした。

「このピンク色は、甘納豆の色ですか」

「いいえ、これはね、紅《べに》。食紅を使ってるの」

「へえ」

感心していると、彼女は「とにかく、食べてみなさいよ。おいしいわよ」と言って、去って行った。

「なんだよ、今日はなんかあったの？」

思った通り、食卓に並んだ赤飯を見て、大樹は声を上げた。

「ううん、違うんだけど……まあ、こういうのもたまにはいいかな、と思って」

お赤飯に何を付けようと悩んで、あさりのすまし汁《じる》、おひたし、塩鮭《しおざけ》、玉子焼きなどを作ってみた。

「まあ、たまには和食もいいかな」

そんなふうに言いながら、大樹は箸《はし》を取った。

「いただきます」

莉奈もまずはすまし汁を飲んでから、赤飯を口にした。

「う」

口に入れたまま、絶句してしまう。

これ何、と声にならない声を心の中で上げていた。

まずい……のではない。けれど、自分が思っていた味とあまりにも違っていて、声が出ないのだ。

「んんん？」

大樹も箸と茶碗《ちゃわん》を持ったまま、目を泳がせている。

「ごめーん、大樹、これね」

莉奈が説明しようとした矢先、

「……うまいじゃーん！」

大樹が大きな声を上げた。

「何これ、甘くておいしいね。こんなおいしい赤飯、初めて食べたよ」

「え」

大樹は鮭をむしって口に入れ、また、赤飯を食べる。

「しょっぱいものと合わせるとまたおいしいよ。なんだ、これ。莉奈が作ったの？」

「いや……」

莉奈も慌《あわ》てて、もう一口、二口、と食べ進んだ。

そうして食べていくと、確かにこれはこれでおいしい。

最初は普通の赤飯か、それに近い状態のもの、例えば、かやくご飯のようなものを予想して口にいれたからびっくりしただけで、こういうものだと思って食べれば悪くない。

これは言わば、和菓子《わがし》だ。

おはぎだとか、豆大福《まめだいふく》だとかそういうものに近いかもしれない。

甘納豆の甘みが柔らかくもちもちしたご飯を、優しく包んでいる。

莉奈は、前に会社でお土産《みやげ》としてもらった、京都《きょうと》の赤飯まんじゅうを思い出した。普通の赤飯を甘い皮でくるんであるものだ。そういうお菓子と同じ部類かもしれない。

「いったい、これ、どうしたの？　莉奈が作ったの？」

大樹にもう一度、問われて、やっと答えた。

「実はね、これ、こっちのスーパーで前からよく見かけてて、赤飯は赤飯でも、甘納豆の赤飯て書いてあるから、いったい、どういうものかと思って買ってきてみたんだ」

「へえ、こんなの初めて聞いたし、初めて食べたよ」

「私も。こんなに甘いと思わなかった」

「でも、おいしいね。北海道っておもしろい」

ここまで、仕事のつらさもあって、この地に否定《ひてい》的な意見が多かった大樹が初めて褒めた。

「また買ってきてよ」

「うん、自分でも作れるみたいだから、私も試してみたいな」

思っていた以上に、楽しい夕食となった。


「今日、お弁当食べてたらさ、係長さん、それ、何？　って渡辺《わたなべ》さんに聞かれちゃってさ」

翌日、大樹が莉奈に空のお弁当箱を渡しながら言った。

「何って？　どういうこと？」

夫がお弁当が理由で何かいちゃもんをつけられたのかと顔色が変わった。

渡辺さんというのは、転勤してきてからずっと、仕事以外ではほとんど話しかけてくれなかった、大樹の年上の部下だ。その人が甘納豆の赤飯に気づいたらしい。

「それ、こっちのお赤飯でしょ。何？　奥さん、こっちの人なの？　って」

その日のお弁当は、残った赤飯を朝、蒸《む》し直しておにぎりにし、玉子焼きやから揚げを付けたものだった。

「いや、妻がスーパーで買ってきてくれたんですけど、これおいしいですね、甘くてって答えたら、話がはずんじゃって。やっぱり、北海道では家で手作りするんだって。親戚が集まる時やお正月、お祝い、運動会の定番なんだってさ。渡辺さんの奥さんの赤飯は皆に評判で、そういう時には山のように作って持ち寄ると、すごく喜ばれるんだって」

「えー、いいなあ。その作り方、習いたい！」

思わず、声が出ていた。

次の日、夫はそれをすぐに伝えてくれたらしく、また翌日には渡辺さんの奥さんから手書きのレシピと二個のおにぎりが届いた。

奥さんはおひつにぎっしり甘納豆赤飯のおにぎりを詰めてくれ、渡辺さんはそれを支社の皆にも振舞ったそうだ。莉奈に届いたのはその残りだった。

さっそく、おにぎりを噛《か》みしめながらレシピを見た。

餅米とうるち米は同量、甘納豆は米一合につき百グラムくらい、そして、食紅は入れすぎないように箸の先に付くくらい、ほんの少しだけ……。

几帳面な字とレシピからは、きっと料理上手なすてきな人なんだろうな、ということが伝わってきた。スーパーで買ってきた赤飯はご飯に少し塩味があって、それが旨味《うまみ》にもなっていたが、その分、味がくどかった。渡辺さんの赤飯は甘納豆とお米だけでさっぱりとしており、赤い色もほのかで品が良い。

心から嬉しくて、手作りクッキーを作ってお礼に渡してもらった。

それを機会に、大樹も少しずつ部下の人と話せるようになったらしい。自分のおかげとは言わないが、夫の仕事の力になれるのは嬉しいことだった。

さらに数週間後、夫は会社で「いももち」というものを食べた話をしてくれた。

「渡辺さんがまた、奥さんの手作りだって持ってきてくれたんだ」

「いももち？　サツマイモかなんかが入ってるおまんじゅうとか？」

「いや、ぜんぜん違う。なんというか、甘辛《あまから》くて、もちもちしてて、でも、ちょっと芋《いも》の香りもして……」

「えー、私も食べたかったあ！」

大樹はまたそれも渡辺さんに伝えてくれたらしい。

同様に、また、プラスチック容器いっぱいのいももちとレシピをくれた。

すぐにその晩、ご飯と一緒に食べた。

いわゆる、餅米をついたお餅とも、白玉団子《しらたまだんご》とも、上新粉《じょうしんこ》で作った団子とも違う。でも、確かにモチモチと芋の香りのする餅だった。からめてある甘辛いタレもうまい。

「おいしいねえ、これ。こんなの初めて食べた」

「東京じゃ、食べたことのない味だよね」

レシピを見ると、ジャガイモを蒸すか茹でて潰し、片栗粉《かたくりこ》を芋一個につき大さじ一杯くらい好みで混ぜる。少し芋の形を残してもおいしい。それを丸め、フライパンで焼いて、醬油《しょうゆ》、砂糖《さとう》、みりんを同量混ぜたタレをからめる……らしい。

「おもしろいなあ」

莉奈は思わず、レシピを見ながら言った。

「何が？」

「こんなおいしいものなのにさ、あの赤飯もそうだけど、東京や日本中にぜんぜん知られてない料理じゃない？　不思議だなあと思って。いももちなんて手軽だし、子供のおやつとかに大流《だいりゅう》行《こう》してもいいようなものなのに」

「そんなに気に入ったのか」

「北海道料理っていうと、カニとかいくらとか、お寿司《すし》とかジンギスカンとか……ご馳走《ちそう》は有名だけど、そういうのじゃなくて、こういう普段の料理は知られてないよね。ここにいる間に習いたいなあ」

「そうか」

莉奈はまた、丁寧にお礼の手紙をしたため、今度はカップケーキを焼いて、渡辺さんに渡してもらった。

渡辺さんからは奥さんがとても喜んでいる、という伝言と、「秋になったら、うちに一度遊びに来たら。その時、いろいろ教えてあげるから」というお誘《さそ》いを受けた、と報告された。

大樹も莉奈も、やっと北海道という土地になじめそうな気持ちになっていた。


――そろそろ、私も北海道に行ってみたいんだけど。

九月の半ばに母からLINEが来て、また、ぎゅっと胸をつかまれたような衝撃《しょうげき》が走る。

実の母からの連絡なのに、こんなにショックを受けるなんてと思いながら、それを開いた。

――来週、仕事の関係で札幌に行くので、一日、観光できませんか。夜は大樹さんも含めてご飯を食べられれば嬉しいです。札幌駅前のホテルを取りました。

指定された日は金曜日で、平日だけど、大樹も一緒に夕飯をとることは問題がなさそうだった。土曜日に仕事をして、日曜日に東京に戻るらしい。

ちゃんと読めば、何日も母と行動するわけではなく、たった一日付き合えばいいらしいということがわかる。

八月の終わり頃からぐっと温度が下がり、涼しい日々が続いている。朝晩は寒いほどだ。まだ残暑《ざんしょ》が厳しい東京からきたら、それだけでも満足してもらえるかもしれない。

どんなところを回りたいのか尋ねると、札幌は初めてなので一般的な観光地に行ければいいという答えが返ってきた。

「じゃあ、俺はその日、車を使わないようにするから、莉奈がお母さんを案内してあげればいいんじゃない？」

「そうだね……」

大樹と相談するうちに、少し気持ちが落ち着いてきた。

結婚するまでは同居していたわけだし、一日くらい一緒に行動するだけでどうしてこんなに気持ちが揺れたのか、と自分でもおかしく思う。

きっと、一日中「仕事を探せ」「女性でも仕事がなかったら生きていく甲斐《かい》がない」「人生何がおきるかわからないのだから」等々、説教されるのがわかっているから気が重いのだと思った。

しかし、それも、もうしばらく適当に流して、そのうち子供ができたらそれを理由に延長すればいい。

不安の中身を明らかにし、答えを見つけると、やっと母を迎える心ができた。

札幌駅前のホテルで拾った母と、大通り公園、時計台、クラーク博士《はかせ》像など、ごく一般的な観光地を回った。

最初は「やっぱり、涼《すず》しいわねえ。生き返った気持ち」と機嫌の良かった母が、「札幌って意外と何もないのね」と言い出すのに、時間はかからなかった。

機嫌が悪いというほどではないのだが、なんとなくつまらなそうにしている。

それでも、遅めの昼食を回転寿司の「トリトン」でとると、「回転寿司でこのお値段でこの味はさすが北海道」と喜んでくれた。

母の機嫌に一喜一憂《いっきいちゆう》してしまう自分が情けないと思いながら、どうしようもなかった。

「午後は円山《まるやま》動物園に行く？　ホッキョクグマが泳いでいるのを観られるらしいよ」

「……まあ、動物園なんてどこにでもあるけど、他に行くところがないならいいわよ」

少し嫌みっぽい言葉も、親子だから許されると思っているのかな、と聞き流した。

動物園を見て回り、夜は会社帰りの大樹と合流して、ジンギスカンの店に行った。

大樹と顔を合わせるのは、結婚式以来になる。

「ここは、同じ羊肉でも、冷凍じゃなくて生肉だから臭みもなくて、おいしいらしいんですよ」

店は大樹が会社の人に紹介してもらった場所だった。暑いわけないのに、鼻の頭に汗をかいて説明している。やはり、義母の前では緊張《きんちょう》せずにいられないのだろう。申し訳ない気持ちでいっぱいになった。

母はもともと肉が大好きだし、ラムはフレンチでもよく頼む好物だった。

「本当に臭みがないわね。それに、お値段が安い。今日の回転寿司も安くておいしかった」

「時にはあんまりおいしくない店もあるけど、ちゃんと店を選べばいいところがあるんです」

おいしくないというのは、最初に入ったイタリアンのことだろうか、と思いながら莉奈は箸を動かした。

母は「こっちの方がいいわ」生ラムの厚切りを頼み、タレでなく塩で食べ始めた。赤ワインもがぶがぶ飲み、どんどん上機嫌になっていった。莉奈も内心ほっとする。

これで大丈夫、母の札幌旅行は成功だ、と思ったその時――。

「……大樹さんは、莉奈が働くことには反対なの？」

頼んだメニューはほぼ終わって、最後のデザートとコーヒーを待っている時に、母が急に言い出した。

「え」

義理の母親に、切り口上でそんなことを言われたら誰だってまごつくだろう。

「いえ、僕は別にそんなこと……」

大樹が言いかけたところを、母が喰《く》い気味に遮った。

「私はね、たとえ、女性でも、母親でも、人は仕事を持つべきだと考えているんです。その理由はさまざまありますが、人が女性であれ、男性であれ、なんでお金を儲《もう》けるか、ということはその人のアイデンティティでもあると思いますし、それがなければ、妻が外とつながる道というものが絶たれてしまい、家にこもって過ごすことになりますよね？　つまり、仕事が人間の顔の一つですし、常々、莉奈にも教えてきました。歳《とし》をとったり、身体《からだ》に問題があったりする時、育児の一時期はしかたがないとしても、人は仕事をして、なんらかの金銭を受け取ることが必要だと思っています」

これではまるで、女性の働き方講座の講師か何かのようだ。しかし、母は場違いだとはまったく感じていないらしい。

「いえ、でも、僕も……」

大樹は戸惑いながら、母の話に割って入ろうとしたが、それはあっさりと拒否された。

「大樹さん、私に最後まで言わせてください。それにこれは、大樹さんのためでもあると思うんです。大樹さんの会社は大会社だと思うけど、それだって、今の時代、この先何があるかわかりません。大樹さんがご病気になるかもしれないし、事故にあわれるかもしれない。会社自体がだめになるかもしれません。不幸にも、うちの家庭のように大樹さんが浮気して、そして」

「ママ、やめてよ、失礼でしょ」

莉奈も黙っていられなかった。

「やめてよ、ご飯の最中に、それに大樹は……」

「ああ、ごめんなさい。でも、人間の一生なんて、何があるかわからない。それが言いたかったの。莉奈だってよくわかっているはずじゃない。そんな時、女性の方が少しでも働いていれば、男の人だって助かるでしょう？　私はなんでもいいから、莉奈に仕事を持っていて欲しいの。もちろん、今後、莉奈も出産や育児をひかえているし、その時は私もぜひヘルプやアシストをしたいと思っているの。我が社にも、家政婦部門を作るし、それは今私が話したみたいな、女性にもずっと仕事を持ってもらいたいという理念の下、少しでも助けたいという気持ちからきているのね。クリーニング部門から家政婦部門を作って、さらに将来的には、ベビーシッターや保育園も作りたいと計画しています」

まるで母の会社の宣伝のようだ。銀行や信金に融資を頼む時に話し慣れているのか、さらによどみがなかった。

母はそれから十分近く、自分の会社の新規事業について話した後、莉奈や大樹が黙ってしまったことに気づいたらしかった。

「あっと、ごめんなさい。それはうちの会社の話だった。だから、こちらに転勤になって、最初は莉奈も慣れなくて大変だろうけど、いずれは仕事を始めることを大樹さんには許可して欲しいの。っていうか、妻が働くのを夫に許可してもらうっていうのもおかしな話なんだけど」

「だから、ママ、そういうことじゃなくて」

「何が違うって言うの？　大樹さんと結婚する時、莉奈、仕事辞めちゃったじゃない？　一緒に転勤するために。ママ、すごく悲しかった。せっかく、あんないい企業に就職して、やっとママ安心できたのに……せめて、こちらで仕事をさせてほしいわ。そのくらい許してくれてもいいと思う」

「いえ、ですから、僕は莉奈が働くことはまったく反対していません」

　大樹はやっと口を挟むことができた。

「は？」

「反対なんて、ぜんぜんしていませんよ。働いても、働かなくても、どちらでもよくて、莉奈には好きなようにしろと……」

「いえ、だから、それがずるいって言ってるのよ」

　母がまた、反論する。

「大樹さんのお母様、専業主婦でしょう。だから、大樹さんはわからないかもしれないけど、言葉ではそう言っても、本当は心の中で莉奈に専業主婦でいて欲しいと思ってる。それが言葉の端々に出て、莉奈も仕事を探せないんだと思うの。そうじゃなきゃ、莉奈は仕事がしたいはずだし、それが必要だってわかっているはず。だって、私がそう育てたんだし、そういう私の背中を見て育ったんだから」

　言葉を切って、莉奈の方を見た。

「こちらに来てから、私、ずっと仕事を探すように言っているのに、莉奈はそれをはぐらかしてばかり。きっと、大樹さんに気を遣っているはずよ」

「違うの、ママ。大樹さんが仕事に反対しているっていうのは絶対違うの。むしろ、何度か勧めてくれているんだから」

「そうなの？　じゃ、なぜ……」

まったく、理由がわからないようだった。

「私なの、私が嫌なの。仕事するのが、嫌なの」

「え、どうして？」

心底驚いたように、声を上げた。

「莉奈、どうしちゃったの？　就職決まった時、あんなに喜んでいたじゃない？　会社だって毎日、楽しそうに通っていたじゃない？　ママ、また、莉奈にちゃんとした仕事を探して欲しいのよ。ここでは無理かもしれないけど、少しずつでも続けていないと仕事のカンみたいなものが鈍ってしまうし、パートでもいいから仕事をして……」

「だから、嫌なの！　仕事をしたくないの。私は家が好き。おうちにいて、おうちをちゃんとしているのが好きなの」

「ママだって、家は好きよ。だから、仕事もして、家事もちゃんとやってあなたを育てたじゃない。あなたにもできる」

「ううん。できないし、したくない。ママは仕事もして、家事も完璧だったと思ってるかもしれないけど、いつもイライラしてて、家にもいなくて、私とはろくに話もしなかったじゃない」

「そりゃ、大変だったのよ。私はいつもあなたのために頑張ってたの。会社を大きくしたのも、いずれはあなたのために……」

「そう、いつも、私のために、私のためにって言ってさ。本当は自分のためでしょ？　ママには感謝してるけど、私はママみたいにはなりたくない。仕事人間にもなりたくない。ママはママ、私は私。私の人生に入ってこないで！」

　母は息を呑《の》んだ。莉奈の言葉がまったく理解できないようにしばらくかたまった後、大きなため息を吐《つ》いた。その後は下をむいてそそくさとデザートの北海道牛乳を使ったアイスクリームを食べ、コーヒーを飲んで、ホテルに送っていくまで一言も口を利かなかった。


　翌日、母が札幌で仕事をしていることはわかっていたが、連絡は取らなかった。母からも何も言ってこない。

　昨日、ちらっと聞いたのは、札幌で家事代行業をやっている人に会って、話を聞き、業務提携ができないか打ち合わせをするという話だった。

　今日もまた、母がどこかで「女性の仕事、女性の人生、云々《うんぬん》」を誰かに語り、説《と》いているのかと思うと哀《あわ》れにも思えた。

　自分の娘にも受け入れられないのに。

　一方で食事のあと、目に見えるように肩を落とした母を思い出し、胸が痛くなる。

　莉奈がそんなふうに考えていたとは、夢にも思っていなかったのだろう。

　でも、莉奈としても、もう、母の言いなりに生きるわけにはいかない。

　専業主婦として、子供が生まれたら、少なくとも小学校に行くくらいまでは一緒にいたい。子供が大きくなったら、彼らが学校や部活の間、目に付かない範囲で少し働くくらいなら、将来考えなくもないが、今はぜんぜん働きたくないのだ。

「莉奈、いいの？」

日曜日の午後、昼ご飯の片付けをしている莉奈に、大樹が言った。

「何が？」

「お義母《かあ》さん、今日の夕方の飛行機で帰っちゃうんでしょ。ちゃんと見送りとかしなくていいの？　最後に話をしておいたら」

あの夕飯のあと、大樹には母の暴言を謝った。彼は気にしておらず、むしろ、母のことを心配してくれた。

「莉奈のお母さん、本当に頑張ってここまでやってきたんだよ。それなのに、あんな言い方して……気の毒だよ」

「だって、はっきり言わないと、あの人はわからないんだよ！　あのくらい、たぶん、気にしてない。そういう人だもん」

大樹は苦笑していた。そしてまた、彼は莉奈に言った。

「莉奈、お義母さんにはきついよね」

「え？　そうかな」

びっくりした。母にはいつも気を遣って、言いなりに生きてきたつもりだったから。

「莉奈、会社とか周りの人とかにはすごく気を遣うし、びくびくしているみたいなところあるじゃん。でも、お義母さんだけには強気だよね」

「そりゃ、親子だもん。でも、気も遣っているよ」

「でもあんなに大きな声を出して反抗できる人、他にいる？　俺にだってあんなこと言わないでしょ。たぶん、唯一の存在なんだと思うよ。莉奈にとって」

そう言われると、急にそわそわしてきた。

「ＪＡＬの羽田《はねだ》行きの、新千歳《しんちとせ》発最終便、何時だっけ？」

思わず、壁時計を見上げた。一時半だった。

「ＪＡＬ？　ＪＡＬは九時ぐらいじゃないかなあ」

大樹がスマホで調べている間、莉奈は米びつを開けた。圧力鍋ならば、すぐに炊き上がるはずだ。食紅も甘納豆、ジャガイモも常備している。餅米とうるち米を同量、ボウルに入れて、研《と》ぎ始めた。ジャガイモも洗って、鍋に入れる。

「お義母さんの飛行機、最終じゃないよ。夕方の便だ」

大樹が家族のＬＩＮＥグループを見ながら言った。

「わかった」

低く、小さく答えた。

餅米とうるち米は、今日は二合ずつに決めた。それを箸の先にほんの少し付けた食紅を混ぜた水で三十分ほど吸水させる。圧力鍋で炊いている間に、金時豆の甘納豆を水洗いしてまぶしてある砂糖を洗い流す。

ジャガイモもむいて四つに切り、茹でて潰し、片栗粉を混ぜた。少し粒を残してジャガイモで作っていることがわかるように。フライパンで焼いて、醬油、みりん、砂糖で味付けした。母はきっと飛行機の中でビールを飲む。つまみでも食べられるように、少し甘みは控えた。

そうしているうちに圧力鍋の赤飯が炊けてきた。開ければ、ピンク色もほのかに付いている。水洗いした甘納豆を加えてしばらく蒸らし、おにぎりにする。おにぎりの表面に豆がくるように握《にぎ》った後埋め込むと、きれいだし、味もいい。

それらをプラスチック容器に詰めた。

「早く、早く」

大樹がマンションの前に車をつけてくれて、乗り込んだ時には四時を過ぎていた。莉奈はお弁当の包みを抱えて、助手席に座った。

ほの温かくずっしりと重いそれはなんだか小動物のような、赤ちゃんのような感じがして、気持ちが揺れた。

「ママ、喜んでくれるかな。もしかしたら、炭水化物ばっかりで、『私を太らす気?』って怒るかも」

ふっとつぶやくと、大樹は「大丈夫、喜ぶよ」と力強く言った。

「なんで、わかるの?」

「莉奈を育ててくれた、お義母さんだもの」

鼻の奥がつんとして、それを見られないように窓の外を見た。九月の北海道の夕方はすでに薄暗くなりかけていた。

空港の正面に大樹は車をつける。

「おれ、駐車場を探してから行くけど、たぶん、間に合わない。お義母さんによろしく伝えて。渡したら、LINEで連絡して!」

「わかった! ありがとう!」

莉奈は助手席から飛び出した。

走って、手荷物検査場を探す。

日曜日の空港は混んでいた。時々、人とぶつかりながら走っていると、さっきの涙の続きが出てきそうになる。

検査場の列に並んでいる母を見つけた。

白いスーツを着て、小型のスーツケースを携《たずさ》え、りんとした表情で前を見ていた。

「ママ！」

莉奈が呼びかけても、母は気づかない。ただ、じっと前を見ている。

「ママ！　マーマー」

子供のように、大声を張り上げた時、こんなふうに必死で母を呼ぶのはいつぶりだろう、と思った。

「莉奈」

母はやっと気づいて振り返った。

「莉奈、どうしたの？」

莉奈は母の元に駆《か》け寄った。

「ママ、これ」

お弁当の包みを差し出す。

「お弁当って言うか、おつまみって言うか、お土産って言うか。飛行機の中で食べて。全部、北海道の料理、私が作ったの。ママ、気に入らないかもしれないけど」

「そんなことない……ありがとう」

「……いろいろ、ごめん」

莉奈は言いたかった。一昨日《おととい》の夜、必要以上に強い口調で母を否定してしまったけれど、それは本意ではなかった。働きたくないのは本当だけど、母の人生を無にするような言い方はやり過ぎだった、と。

しかし、母の方がすぐに言った。

「私こそ、ごめんね。莉奈がそんなふうに思っているって、ママ、気づかなかった。ぜんぜん知らなかった。ごめんね、今まで」

「ううん、私も言い過ぎた」

「いいえ、言い過ぎたのは私」

「思ってなかったことまで言ってしまったの」

「そんなのわかってる！」

「私もわかってる！」

列は検査場に近づいた。

「じゃあね！　またね！」

「また来てね！」

最後まで何度も何度も、母の後ろ姿が見えなくなるまで手を振った。

気づいたら、頰《ほお》がぬれていた。


一週間ほどして、東京の母から小包《こづつみ》が届いた。

新井莉奈様、と母の字で書かれた伝票がどこか面映《おもは》ゆい。

段ボール箱を開けてみると、まず、ビニール袋に包まれたプラスチック容器が現れた。莉奈が弁当を入れた容器だ。それを返すために送ってくれたらしい。付箋《ふせん》が貼ってあって「ありがとう」と書かれていた。

そして、その下からは鮮やかな黄色の大きな箱……。

「東京ばな奈じゃん！」

北海道にはおいしいお菓子がたくさんあるのに、また、よりによって。

さらにもう一箱、ずっしりと重い小箱が出てきた。舟和《ふなわ》の芋ようかんだった。

「こんなに甘いものばっかり、どうしたらいいのよ」

思わず、小言が出てしまう。

――これは大樹の会社に持って行かせよう。

次にいくつかの派手な手提《てさ》げバッグが入っていた。すべて、エコバッグだった。店の名前や商品の名前が入った、ノベルティのようなものばかりだ。

「あー！」

思わず、声が出てしまう。

そうだった。杉並区はレジ袋をくれないスーパーが多い。でも、母はエコバッグを持ち歩くのが苦手でいつも忘れる。そのくせ、ちょっと意識が高いからレジ袋を買うことも良しとしない。結局、店のエコバッグを毎回買ってしまう、悪い癖《くせ》があった。

「いったい、いつから溜《た》め込《こ》んでたんだろう。それを私に押し付けて……」

苦笑いが出てきた後、しみじみとした気持ちが胸にこみ上げてきた。

最後に箱の底から男物と女物の長袖シャツ、女物の厚手の靴下が出てきた。シャツはスポーツブランドの防寒下着だった。やっぱり、付箋が付いていて「そちらはこれから寒くなるでしょうから」と書いてあった。

「ババシャツじゃん……」

母は若い頃から断固としてババシャツを拒否してきた人だった。あれを着たら「女は終わりよ」と言って。きっと、苦肉の策で、こういうブランドのものならいいだろうと考えてくれたのがわかった。

箱の中身を改めて見直す。絵に描いたような東京銘菓《めいか》、エコバッグ、ババシャツ。

「いろいろ工夫してるけど、ダサい」

思わず、笑い声が漏《も》れてしまう。

一生懸命工夫しているけど、その妙な意識の高さで一周回って「ダサい」。

ずっとかっこつけてたけど、母はダサかったんだ。

温かい安心感と母の思いが心に広がって、莉奈はいつまでもくすくすと笑い続けた。

第三話　疑似家族

「もうお母さんたら、また、こんなもの送ってきて、困っちゃうー」

石井愛華《いしいあいか》は大げさなくらいはしゃいだ声を上げた。

「え、なになに？」

玄関のところで段ボール箱を開けていると、幸多《こうた》が嬉《うれ》しそうに近づいてきた。

「これ見てよー、お米なんてさ、こっちでもいくらでもあるって言ってるのに……うちのが一番おいしいからって入れてくるし」

眉《まゆ》をひそめながら、愛華は大きなジップロックに入った米を持ち上げた。

「でも、本当においしいじゃん。僕、愛華の家の米で初めて知ったよ。おかずいらないご飯があるんだって」

「幸多さんがそんなこと言うから、お母さんが調子に乗るのよ……それから、サツマイモ……これは商品にならないやつだな」

不格好だったり、大きくなりすぎたり、収穫《しゅうかく》の時に傷ついてしまったりと、訳ありの「紅《べに》はるか」が五キロ、ゴミ用の透明《とうめい》なポリ袋に入っている。

「涼しいところで少し成熟《せいじゅく》させてください、冷蔵庫《れいぞうこ》は冷たすぎるので避けてください、傷のついた芋《いも》は先に食べてください、か。まだ成熟させてないんだね」

ポリ袋には手紙がついていた。

「いつも優しいねえ。ちゃんと注意してくれて」

「ねえ。そのくらい、わかってるのに」

さらに米と芋の隙間《すきま》に、ピーマン、きゅうり、なす、トマトなどの野菜が少しずつ詰まっていた。

「愛華の実家ってすごいよねえ。お芋やお米以外も、なんでも作ってるんだね」

「ううん。こういう野菜は庭先で作ってるのよ、自宅用に。あまったのは近所や親戚の家にあげたりするんだけど、向こうもくれるから結局使い切れないの。それを送ってくるだけ」

「あまるほど食べ物があるなんて、いいなあ」

「野菜や米は買ったことはないわね」

「早く、愛華の実家に行ってみたいよ」

それには答えず、トマトを手に取って、頰《ほお》に当てる。優しい母親像をイメージさせるような太陽の匂いがした。

「明日はこれでラタトゥイユを作ろうかな」

トマトを頰に当てて、小首を傾《かし》げた自分はそこそこかわいいに違いない。

「ラタトゥイユ、楽しみだなあ」

幸多は満足そうにダイニングキッチンに入っていった。

愛華は自分でも気づかぬうちに、ふっとため息を吐《つ》いていた。そして、それに気づいた時には、どこか傷ついていた。


——今回はありがとうございました！　いろいろ野菜も入れていただき、本当に嬉しかったです。また、必ず、お願いしますので、よろしくお願いします。

メルカリの出品者との通信欄《らん》に書き込む。評価欄にも記入した。

「何度もお願いしている、信用できる出品者さんです。おまけで入れてくださる野菜もいつもおいしいです！」

返事はすぐに来た。

――こちらこそ、いつもありがとうございます。メモにも書きましたが、紅はるかは玄関先などの温度の低い、日の当たらないところで数週間、追熟させていただくとおいしいお芋になります。野菜は自宅用に作った無農薬野菜です。ご笑納《しょうのう》ください。

愛華がこの出品者、「群馬《ぐんま》のありんこ」さんを見つけてほぼ一年になる。

最初の始まりは、サツマイモの「紅はるか」だった。

ＮＨＫの番組でこの品種を知った。ゆっくりと時間をかけて焼けばねっとりした食感となり、それを冷凍《れいとう》して食べるとまたさらにおいしいと知った。

焼き芋を冷凍して食べるなんて……もともとサツマイモ好きの愛華はすぐに試してみたくなった。

翌日、近所のスーパーに行ってみたけれど、紅はるかはどこにも置いていなかった。出たばかりの品種だし、テレビで放送された効果で売り切れていたのかもしれない。次の日、会社帰りにデパートの地下の食品売り場でやっと見つけた。ビニール袋に数本入ったものが、なんと五百九十八円もした。それでも、どうしても食べたくて買って帰った。

結果は予想以上だった。

百八十度の温度のオーブンで四十分、アルミホイルに包んで焼いた芋は透明感があり、舌にからみつくほど甘かった。冷凍にするまでもなく、すぐに食べてしまった。

しばらくすると、近所のスーパーにも並び始めたけれど、値段は百円くらい安いだけだった。都内のスーパーではどこもそんな値段で、普通の芋が大きなものでも百円程度で買える時に三百九十八円だったり、四百九十八円だったりする。

それでも、時々、「自分へのご褒美《ほうび》」として買っていたのだが、Ｔｗｉｔｔｅｒで「安納芋《あんのういも》を農家から直接買っている」という文章を見てひらめいた。

——自分も紅はるかを農家さんから直接買ったらどうだろう。

まずは、普通に検索にかけると、確かに「紅はるか」も直接取引している農園がいくつかあった。しかし、その方法が結構やっかいで、ファクスで申し込みし、郵便局から振り込むなど手間がかかった。当時、幸多との同居前で一人暮らしをしていた愛華には、見知らぬ個人に住所を明かすということにも少し抵抗があった。

自分を守れるのは自分しかいない、というのが愛華のこれまでの人生の中で最も大切な信条だった。

——もっと簡単に通販できないかなあ。

それで、アマゾン、楽天、ヤフーなどを回ったあと、ふと思いついて、ヤフオクをのぞいてみた。

すると、あるある……ちょっと検索しただけでも、農家が直接出品している品がどんどん出てきた。

——オークション形式だと、終了時間まで待たないといけないのが面倒だなあ。あ、メルカリにないかしら。

これまで、メルカリには服やバッグの売買でお世話になっていたが、食べ物のことは考えたことがなかった。

それでも、一応、検索してみた。

「紅はるか」「五キロ」

すると、また、出品された品が次々見つかった。しかも、送料込みの品が多く、通販以上にお手軽だった。

中には傷物を驚くほど安い値段で売っている人もいた。十キロ以上だとさらに安くなるのは送料の関係もあるのだろう。メルカリは匿名配送《とくめい》も充実している。

ものは試しと、一箱十キロ入りの「訳あり紅はるか」を注文してみた。

それが「群馬のありんこ」さんとの縁《えん》だった。

十キロのサツマイモがメルカリの定額パックの段ボール箱に入って送られてきた。少しの隙間に「自分の田んぼで作った米」「庭先で家庭用に作ったピーマン」が詰まっていた。定額パックは全国一律で送料が決まっているので、余計なものが入っていようがいまいが値段は変わらない。

一つサイズの小さい箱だと入りきらないので……という説明が、よく言えば丁寧《ていねい》に、悪く言うとくどくどと書いてあった。また、「お嫌いでなければ、ピーマンはとても新鮮ですので、生のままでも食べられます。その方が苦みもありません」とも添えられていた。

驚きつつ、手紙にあった食べ方……豚《ぶた》ひき肉をそぼろにし、二つ割りにした生ピーマンで挟むレシピを試してみた。

ほのかに甘く、苦くも、臭くもなかった。こんなにおいしいピーマンを食べたのは初めてだった。

その時はすでに「群馬のありんこ」さんとは取引を終了していたので、その感動や感謝を伝えることはできなかった。

もちろん、本命の紅はるかはとてもおいしかった。多少傷ついていたものもあったが、焼いたりふかしたり、そして冷やして食べる分にはまったく問題がない。きれいなものの何本かは会社に持っていって、同僚にお裾分けしたりもした。

すぐに二回目を頼んだ。

「群馬のありんこ」さんは自己紹介欄に「リピーターの方は事前にコメント欄にご連絡くだされば百円引きにします」と書いてあったので、それを使わせてもらうことにした。

次は、紅はるか五キロと自家製米五キロのセットをお願いした。おまけのお米もとてもおいしかったからだ。

そして、コメント欄に「以前に購入させていただいた、LOVE27です。また、お願いします」と書き込むと、「ありがとうございます！　百円引きにさせていただきますね」とすぐに返事が来て、本当に百円引いてくれた。

今度はサツマイモと米五キロずつと、ピーマン、オクラ、きゅうりが入っていた。

またもや手紙が入っており、「再購入、本当にありがとうございます。家族でほそぼそとやっている農家ですが、励みになります」ときれいな字で書いてあった。

受取通知を送り取引を終える前に、「実は、前に入れていただいたピーマンがとても新鮮で、ありんこさんに教えてもらったように生で食べたら甘くておいしかったので、入っていてめちゃくちゃ嬉しいです！」と書いた。

「まあ、こちらこそ、そう言っていただいて、嬉しいです！　これからも頑張《がんば》ります」

このやりとりで、少しずつお互いの気持ちが伝わっていたように愛華には思えた。

春になると、「こちらが、紅はるかの最後の出荷です。次は秋からになります」と書いてあった。とても残念だったけど、「群馬のありんこ」さんはその少し前から新じゃがの出荷を始めていて、愛華は引き続き通販を利用することにした。

幸多とは、会社近くの行きつけの小料理屋「喜楽《きらく》」で知り合った。

六十代の女将《おかみ》がやっている落ち着いた店で、愛華も幸多も時々、会社帰りに一人でご飯を食べていた。

幸多の方はそこに数年通っており、快活になんでも話す性格から女将にとてもかわいがられていた。家族構成や仕事の中身まで知られていたくらいだ。

一方、愛華は店を知って半年ほどだった。会社の上司に教えてもらって訪れ、その味や盛り付けに惹《ひ》かれた。それまで贅沢《ぜいたく》というものをほとんど知らず、外食なんてチェーン系の激安居酒屋で十分だと思っていたが、季節の魚の西京《さいきょう》漬《づ》け、山菜の酢味噌《すみそ》和《あ》え、すまし汁《じる》……玄人《くろうと》が丁寧に作った料理というものは、まったく別物なのだと知った。

今まで一人で頑張ってきた愛華が、やっと自分に許した贅沢だった。

それでも、たびたびの来店は無理で、一ヶ月に一回か二回、自分へのご褒美として行くだけだった。だから、女将が愛華について知っているのは会社名と独身で彼氏がいない、というようなことくらいだったと思う。だが、女将は同性、異性にかかわらず、若い常連たちを引き合わせるのが大好きだった。これまでもたびたび同じようなことをしていたらしい。

「ねえ、幸多君、こちら、前にちょっと話した、人材派遣会社にお勤めの愛華ちゃん。ね？　きれいな人でしょう？　愛華ちゃん、こちらは……」

「クボタ商事の野々村《ののむら》幸多です」

彼は礼儀正しく、名刺《めいし》を出した。

正直、「面倒なことになったな」という気持ちがなくもなかったけれど、きちんとしたスーツや会社名はある程度の安心感を与えてくれた。

それでも、その時は「居酒屋で隣り合った人」以上の会話はしなかった。ほとんどは会社の仕事の話ばかりだった。幸多はちょうど自分が関わり始めた、無農薬の雑穀米《ざっこくまい》のキャンペーンについて「ぜひ、女性の意見も聞きたいんですよ」などと、如才《じょさい》なく語った。愛華は彼の質問に答える形で意見を言ったり、自分の仕事について説明したりした。

十一時の閉店時間の三十分前になると、幸多は経歴を話し始めた。目白に実家がある次男で、中学から受験して名門私立中学に通い、大学も有名私立大学出身。今は会社から近い恵比寿《えびす》に住んでいるけど、実家には時々帰る、家族仲は良い……。

絵に描いたような、「都会の良い家庭」に育った人だった。

「愛華さんは？　実家はどこ？」

二重のはっきりした丸い目をこちらにまっすぐに向けて尋ねられた時、愛華は口を滑《すべ》らせた。

「帰るのは時々です……群馬なんですけど」

「へえ、出張で何度か行ったことある。食べ物がおいしくていいところだよね！」

故郷《こきょう》をそんなふうに素直に褒められたことはない。でも、そこにたいした思い入れがない愛華は特に嬉しくも、悲しくもなかった。

「えー、田舎《いなか》なだけですよ」

「僕、都内出身で、祖父母も東京なんだ。昔から田舎のある人に憧れててさ。愛華さんの家は農家ですか？」

その時、思った。

たぶん、この人とは二度と会うことはないと。

いや、何度か会うことになっても、この店の中だけで、深い付き合いになるわけはない。彼は都会のお坊ちゃんで、自分とは関係のない人種なのだから、と。

だから、とっさに嘘《うそ》を吐いた。ごくごくわずかな、あまりにも小さな嘘を。

「……まあ、畑はありますけど」

「え、いいなあ。何を作ってるの？」

急に彼の口調がぐっと軽くなり、肩が近づいてきたのがわかって、田舎や畑に興味を持っているのが言葉だけではないことを知った。

「……専業で作ってるのは、サツマイモとかジャガイモ。最近は紅はるかとかも作ってます。他に家族が食べる分の野菜は庭先で作ってるみたい」

頭の中にあったのは、あの「群馬のありんこ」さんの家庭だった。

「お米は？」

「米も自分のうちと親戚が食べるくらいは」

「うわあ、うらやましい。じゃあ、愛華さんも送ってもらったりするの？」

「……ええ、時々。おいしいですよ」

「いいなあ。今度、ぜひ食べさせて欲しいなあ」

そこまで言ったところで、彼は自分が踏《ふ》み込みすぎたと気づいたのか、あまりにも好意をあからさまに表しすぎたと恥ずかしくなったのか、急に顔を赤くした。

純粋な人なんだ、と思った時、愛華は自分の吐いた嘘を後悔した。自分の中にも、彼へのほのかな好意があることに気づいたからだ。

最初に来た誘いのメールをよく覚えている。交換した名刺の会社用のアドレスに「明日、喜楽に行くんですけど、よかったらどうですか。この間、お話ししてとても楽しかったから」と送られてきた。「お忙しいようでしたら、遠慮《えんりょ》なく断ってください」と付け加えられていたのも、好ましかった。

迷いながらも、では私も明日うかがいますと返事をした。ご飯は一人でも食べるんだし、と自分に言い聞かせた。その日は、彼は愛華の勘定も持ってくれた。自分が誘ったのだから、と言って。そんなふうになんのてらいもなくご馳走《ちそう》してくれる男性に出会ったのも、初めてだった。

その後、何度か店で会った後、会社の近くの別の店でランチを食べた。さらに会社帰りに会って、イタリアンレストランでお酒を飲みながら、「付き合おうよ」と告白されるまで一ヶ月ほどだっただろうか。

一番驚いたのは愛華自身だった。

嫌いじゃない気持ちはあったものの、「まさか、私がこんな人と」という気持ちがずっとあった。

だから、あの時の嘘を訂正する機会がなかった。

二度、三度と会う度に正直に話そうと思った。けれど、「いや、これが最後のデートかもしれない。こんな人が自分と付き合うわけないのだから、好きになるわけがないのだから」と心の中で言い訳した。自分から連絡することはほとんどなく、幸多から誘われた時だけ会ったのは、自分に自信が持てなかったからだ。しかし、もしかしたら、そんな消極的態度が、幸多の興味をさらにかきたてたのかもしれない。

だいたい、嘘を吐いたのはごくわずかなことだ。家族のことだけ。それ以外はすべて正直に話していた。

大学は奨学金《しょうがくきん》とアルバイトで自分の力で行った。授業や復習を優先するためには昼のアルバイトでは追いつかなくて、夜の店で働いたこともある。奨学金返済のためとにかくお給料が良く福利厚生がしっかりしている会社を探した。会社に入って三年間は安いシェアハウスに住み給料のほとんどを奨学金の返済に回して完済した……。

人によっては引いてしまうような経験も、幸多は熱心に聞いてくれて、「愛華は生きる力が強いんだね。ものすごく尊敬するよ」と褒めてくれた。

恵比寿にある部屋に「もう越してきなよ、一緒に住もうよ」と言われたのが出会って三ヶ月後のことだった。

「同棲《どうせい》すると、結婚までたどり着けないって言うよ」

たった一人、学生時代からの付き合いで、愛華のことをなんでも知っている親友、楓《かえで》にそう言われた時など、思わず吹き出してしまった。

だって、絶対に「結婚するわけなんてない」のだから。

「ありえない、ありえない」

愛華は、食べ物も飲み物も二百九十円均一の居酒屋で、顔の前で手を振った。楓とはいつもこの店だ。七時までに入店すれば、一杯目は百五十円で飲める。

「あの人、すべてを持ってる人なんだよ。家族全員がちゃんとしてるの。男兄弟三人は皆、私立の学校に通って、お父さんもお母さんも大学出……ううん、お祖父《じい》ちゃんやお祖母《ばあ》ちゃんも大学出てて、親戚にお医者さんや学者の人もいるの。それをね、自慢するわけじゃなくて、自然に話すの。ちょっとした会話の中で出てくるの……そんな人と私が結婚するなんて絶対あり得ないから」

将来を諦めているからこそ、今を楽しみたいと思う。

幸多はいい人だ。優しくて、おおらかで、当然、女を殴《なぐ》ったり、お金を借りたりしない。何より、経歴や家柄《いえがら》のことで人を馬鹿にしたりしない。

なんの屈託《くったく》もなく、まっすぐ育ってきて、人に悪意があるなんて思ってもいない。もしも、この人の側《そば》にいられるなら、数年で別れることになっても幸せだと思う。

「そんないい人だからこそ、賢《かしこ》く注意深く振舞って、結婚まで持って行きなよ！　だって、彼は付き合って数ヶ月で一緒に暮らそうって言い出すほど、愛華に惚《ほ》れてるんでしょ。それをうまく使ってさ」

そんなことはしたくないと思う。そんな姑息《こそく》なことをしたら、つらくなるのは自分自身だ。

「愛華、そんなに卑下《ひげ》することないよ。今まで頑張ってきたじゃん。美人だし、頭いいしさ。奨学金をもう全額返したの、本当にすごいと思うよ」

楓は東北《とうほく》出身で、両親は学費や生活費を全額は賄《まかな》えなかったらしい。愛華よりは金額は少ないが、奨学金を借りていた。彼女はまだそれを返済できないでいる。

「それがどんなに大変なことか、私にはわかるもん」

「ダメダメ」

愛華はできるだけ深刻にならないように、また、大きく手を振った。

「そんなこと言ってくれるの、楓だけだよ……結婚なんてことになったら、私のすべてのことを向こうの親に話さなきゃならないしさ。キャバもやってたなんて、絶対許されないよ」

「そんなの、言わなきゃいいじゃない」

「だって、彼は親とめっちゃ仲良しなんだよ。全部、話すと思う。それに何より、こっちは嘘吐いてるからね」

「たいしたことじゃないよ。キャバのことや、奨学金のことは話したんでしょ。だったら、愛華の親のことだって、別にどうってことないんじゃない。愛華がなんで嘘吐いたのかもわかってくれるって」

楓の父親は地元の工場で働いていて、母はパート勤めらしい。収入は少なくて学費を全額は出せなかったけど、優しい親だ。会ったことはないが、楓の話に出るのを聞くだけで、普通の温かい家庭が思い浮かぶ。

だから、楓はわからないのだ。

それがどんなにすごい奇跡のようなことなのかということが。


愛華は「群馬のありんこ」さんから品物を受け取る時はとても注意深くしている。

配達は必ず、幸多がいない時間を指定し、彼が帰宅する前に伝票を段ボール箱から剝《は》がして、細かく破いて粉々にして捨てる。その後、彼の前でさも実家から届いたように改めて開封する。

幸い、彼の平日の帰宅時間は愛華より少し遅いから、これまで失敗したことはなかった。

届いた野菜を使い、最近は彼のお弁当も作るようになっていた。

別に彼に合わせて尽くしているのではない、と自分に言い聞かせている。愛華はもともとお弁当を作っていた。おにぎり二個にゆで卵、くらいの簡単なものだが、お金はかからないし、気の合わない同僚と無理に顔を付き合わせて食べる必要もない。しかも、愛華の仕事は担当している派遣社員から相談も受ける。中には昼休みしか電話できないという人も多いから、デスクに座ったままで食べられる弁当は都合が良い。

「いーなー、いーなー、僕も愛華のおにぎり食べたいなー」

そんなふうにねだられて、たいした手間でもないから、と一緒に作るようになった。二人分ならおにぎりを握《にぎ》るより、弁当箱に詰めた方が早いし楽だ、と曲げわっぱの弁当箱までネットで注文してしまった。ありんこさんから買った新米を詰めると、彼は大喜びした。会社でも「彼女の実家の米なんだ」と自慢しているらしい。

休日は郊外にちょっとしたドライブや旅行に行くのが彼の趣味で、ストレス解消法だった。日帰り温泉に行ったり、動物園で日がな一日、猿《さる》の親子を眺めたりする。一緒に行く愛華も、気持ちがふんわりとほどけていくのがわかった。

ただ、美しい田園風景を見ながら、「愛華が育ったのはこういうところなんだね？　きれいでいいなあ」と彼が悪気なく言うのに、うまくうなずけないだけで。

こんな幸せに慣れすぎてはいけない、と思いながら、すでに受け入れてしまっている自分がいる。こんなはずではない、と思いながら、生活がどんどん彼色に染められていく。

これが「普通の生活」というものなんだろうか、それとも、「とんでもなく高望みの、自分には分不相応の生活」なんだろうか。

愛華は時々、夜中にふと目が覚める。そして、月明かりの中で、すぐ横で寝ている男の寝顔を見つめてしまう。なんの恐れもなく、疑問もなく、これが当たり前だというように、穏やかな寝息を立てている男。長い睫毛《まつげ》が時々震《ふる》えているのを見ると、もしかして、夢を見ているのかもしれない。

愛華は彼の裸の肩に顔を押し当てる。彼が下着一枚なのは寝入る前にセックスしたからだ。彼はその後、すぐに寝てしまう。

もしも、と思う。もしも、この生活が長く続かなくても、終わってしまっても、誰かを恨んだり、悲しんだりするのはやめよう、と心から思う。だって、自分は今、とても幸せなんだし、満たされているのだから。

幸せだと思っているのに、涙がぽろぽろと出るのはなぜなんだろうか。

指先でそれをぬぐったとたん、彼が愛華をぎゅっと抱きしめた。驚いて顔を見ると、目はつぶったままだ。彼は寝ぼけながら、自分を抱きしめたのだ。

幸福と隣り合わせに感じる不安。息が苦しくなり、愛華はなかなか寝付けなかった。


今回、愛華が頼んだ小包《こづつみ》の中には新しいチラシが入っていた。

――ありんこ農場の「お野菜定期便」始めます！

そこには、月二千円から申し込める、無農薬の米、野菜、芋などの定期通販を始めたというお知らせが入っていた。

回数と値段もそれぞれ選べて、五千円でお米だけ、千円で野菜だけなどいろんなコースがあった。いつも通りの、一回限りの紅はるかや米の販売も続けるらしい。

――お客様のご希望に沿って、小包をお作りします。遠慮なくご要望ください。

専用のＬＩＮＥも開設しました、ぜひ、お気軽にご連絡くださいという一文の後、ＬＩＮＥ

ＩＤが書いてあった。

確かにＬＩＮＥで連絡取れるなら気軽だわ、と愛華は思わずつぶやいた。しかも、メルカリ取引よりも五百円ほど安いらしい。手数料を取られないからだろう。

メルカリでもずっと「匿名取引」を選択していて、通常なら安易に個人情報をさらすようなことはしない愛華だったけれども、ずっとやり取りをしている「群馬のありんこ」さんだし、現在は幸多と住んでいる。男性と住んでいることで安心感が増していることは否《いな》めなくて、ＬＩＮＥを送ってみた。

――いつも紅あずまやお米を送っていただいている「ＬＯＶＥ27」こと石井愛華と申します。お野菜定期便のチラシを見てＬＩＮＥしました。この間、送っていただいたばかりなのでしばらくはお願いできないのですが、なくなりましたらご連絡させていただきますね。

返事はすぐに来た。

――いつもありがとうございます！　ありんこ農場、都築《つづき》めぐみと申します。家庭内でこつこつ作っている野菜ですが、メルカリで訳ありのものを売っているうちに、皆様に食べていただきたい、直接、お声を聞いてみたいという気持ちが強くなりまして、通販部門を増やす試みを始めました。ご注文、ご要望、お気軽にお声がけください。家族でやっているものですから、至らないことはあると思いますが、よろしくお願いします！

ありんこさんは都築というのか、初めて知ったな、と愛華は思わずつぶやいた。

――こちらこそ、よろしくお願いします。ありんこさんの野菜がとてもおいしくて、いつも楽しみにしていました。

――ありがとうございます。これから、時々、お得情報など流させていただきますが、もし、うるさいようなことがありましたら、遠慮なく通知を切っていただいて結構ですので、必要な時にお声がけください。

その後、時々、メッセージが来た。

――「紅はるか」の訳ありが出ました。十キロを箱に詰めてお送りします。少しおまけも入れさせていただきます。お安くお出ししますのでよろしくお願いします。

――今年の新米の予約を始めました！　ご予約承《うけたまわ》っています。よろしくお願いします！

――今日は芋の植え付けをしてきました。

そんな言葉と共に写真が貼り付けられていることも多かった。

一度は、都築めぐみ本人らしき人が泥《どろ》付きのサツマイモを持ち上げている写真もあった。彼女は五十代くらいに見えた。つばの大きな帽子をかぶって、にっこり笑っている。美人ではないが、目尻に皺《しわ》が寄っていても可愛《かわい》らしい顔立ちだった。

愛華も時には一言、返事を送った。

――もう、サツマイモの季節なんですね。今年も楽しみです。

――ありがとうございます！　お待ちしております。

愛華は通知を切ることなく、数日に一回くらいのそのメッセージを、まるでまだ見ぬ家族からの手紙のように楽しく読むようになっていた。

それは本当に、売り言葉に買い言葉だったのだ。

休日のご飯のあと、二人で皿を洗っていた。

「来週の日曜日、うちの親とご飯食べない？」

愛華が洗った皿を、彼が布巾で拭きながら言った。

「え」

「うちの実家の行きつけの中華《ちゅうか》があるんだけど、そこのチャーハンが絶品でさ。あれ、愛華にも食べさせたいってずっと思ってたんだ」

ちょうどいい機会だなあ、と彼は鼻歌でも歌いそうなくらい、気軽に言う。

「……ちょっと、そんなこと……私、なんにも聞いてないよ」

驚きすぎて、そんなことしか言えなかった。

「だって、今言ったもん。さっきの電話で誘われてさ」

確かに食事を終える頃電話がかかってきて、幸多はしばらく隣の寝室で話していた。仕事の電話かと思っていたが。

「……急に言われても……私、幸多のお父さんやお母さんみたいな人とうまく話せないし」

幸多の父は一部上場企業の役員をしているし、母は専業主婦だけどずっと点字のボランティアをしている。

そんな立派な仕事をして、きちんと社会貢献《こうけん》もしているような人と何を話したらいいのかわからない。

しかし、何より、彼らがいったいどんなことを考えて、愛華と食事をしたがっているのか……それを考えると怖くて震えそうだ。

「別にそんなに身構えることないんだって。ちょっとご飯食べて話すだけだから」

幸多は本当になんでもないことのように言う。

愛華は声も出ない。

「ただ、僕と一緒に住んでる人を見たいって、それだけだから」

「……話したの？　一緒に住んでること」

　思わず、声が一段低くなった。

「うん。だって、この間会った時、母親がさ、幸多なんかいいことあったみたい、幸せそうだねって言うから、実は付き合ってる人がいるって。それでさ、最初はうちに来て欲しいって言われたんだけど、うちのたいしておいしくもないご飯を食べてもしかたないから、行きつけのオークラの中華にしてもらうことにしたわけ。あそこならシェフも知り合いで気兼《きが》ねないし」

「いや、だから、どんなことを、親に話したの？」

「話したって何を」

「同棲してるって言ったの？　それとも付き合ってるって」

「なんて言ったかな……まあ、一緒に暮らしてる人がいて、すごくいい子でご飯も作ってくれて」

「だから、そんなことじゃなくて、なんて言ったの！」

「一緒に住んでるって」

「ああ、もう」

　ぬれたままの手で顔を覆《おお》ってしまう。

「なんで？　いけなかった？」

　あんまりにも純粋な、子犬みたいな目で見つめられて、口ごもってしまう。

「……急に一緒に暮らしてるなんて言ったら、驚かれたんじゃない？」

「いや、うちの親は僕のこと信用してるから。恋人ができたならぜひ会いたいって」

本当だろうか。

本音のところは愛華を見て、どんな女か判断したいんじゃないだろうか。

いや、どんな親だってそうする。彼らが特別なわけではない。息子《むすこ》の同棲相手が気にならない親はいないだろう。もしかしたら、結婚して、これからずっと付き合うことになる相手かもしれない、と考えるだろうから。

愛華は自分が、彼の親に気に入られるとはとても思えなかった。

幸多一人ならなんとか取り繕《つくろ》って、毎日をすごせる。だけど、きっと親の前になんか出たら何か大きな失敗をする。

自分の育ちを見透かされそうだと思うと、怖かった。

「……そんなの、無理だよ。私、とても会えない」

「なんで、どうして？　別に怖い人とかじゃないよ。父はダジャレばっかり言ってるおじさんだし、母もざっくばらんな人だよ。兄のお嫁さんとも結構うまくやってる」

彼の義姉《ぎし》……お兄さんのお嫁さんは弁護士だ。今は育休を取って、子育てを楽しんでいるらしい。

一度、彼女のフェイスブックを見せてもらったこともある。

美人で、料理も完璧だった。彼の兄や娘さんとの写真がたくさんあった。

絵に描いたような夫婦、家族……自分にはとても入っていけない。

いや、彼らのようにエリート家庭でなくてもいい。自分が少しでも母に愛されていたら、貧しくても懸命に努力している母親だったら、もっと自信を持って会うことができただろう。

「……やっぱり、無理」

「別に飯食うだけだって。中華だから、気も遣わないじゃん」

「気を遣うとか、遣わないとかじゃなくて」

「なんだよ、わけわかんないよ。理由になってないよ。理由を話して」

その理由を言えたら、どんなにいいだろうか。

「きっと私のことなんて気に入らないし、もしかしたら、別れろって言われるかもしれない」

「そんなことを言う人たちじゃないよ。向こうだって、反対してもそれを素直に聞く息子だとは思ってないよ」

幸多は愛華の頰を触る。

「そんなこと絶対ないけど、もし、そんなことあったら、僕が説得するよ。説得できるまで諦めない」

その言葉がどれだけ嬉しかっただろうか。

でも、その席で「愛華さんのお父さんやお母さんはどこに住んでいるの？　どんな方なの？」と聞かれたらなんと答えたらいいのだろう。

自分はまた、嘘を重ねるのかと思ったら、感情が爆発した。

「無理って言ったら、無理！　あなたの家族に会うような付き合いでもないでしょ。まだ！」

気づくと、幸多の手を振り払っていた。

「なんだよ……」

愛華の剣幕《けんまく》に彼は驚いていた。

「そんなふうに思っていたの？　僕は結構本気だったのに」

彼は後ずさるように離れると、布巾をキッチンの台に置いて、無言のまま寝室に入っていった。

慌《あわ》てて寝室に入ると、彼が毛布をかぶって丸まっていた。叱《しか》られた子供のようだと思ったら、申し訳なさに襲われた。

「ごめん。まだって思っただけなの、まだ、早すぎるって」

そう言って、彼の肩の辺りに戸惑いながらそっと手を置いた。

「ごめんね」

「ほんと」

彼はぱっと起き上がって、毛布を撥《は》ね除《の》けた。愛華が置いた手を握る。

「それって、まだ、早いってこと？　時間の問題？」

愛華は声に出さずに、うん、と小さくうなずいた。

そうするしかできなかった。彼の表情があまりにも希望に満ちていて。

「なんだー。そういうことかー。僕、ちょっと早まったかな。恥ずかしい」

笑って、もう片方の手を頭に置く。

「じゃあ、もう少しだけ、時間を置こう。親には適当に言って断っておくよ」

「なんて言うの？」

「仕事が忙しいとか、なんとか」

本当にそれですむんだろうか、と思いながら、彼のハグを受けた。

「ちょっと、もう、それのろけ？」

「え」

話の途中で楓が手をひらひら振ってさえぎった。

「聞いてられないよ。彼、愛華と結婚する気、満々じゃん」

「そんなつもりないし、そんなことじゃないと思う」

息が苦しくなった。

喜びではなく、その可能性が少しでもあると言われて、結婚を期待してしまいそうな自分が怖くなった。

「なーにが、そんなつもりない、なの？　親に紹介するとか、それを進んで男の方がやってくれるとか、もう、全部そろいました、って感じだよね」

「そろったって何が？」

「彼の気持ち、条件みたいなもの？」

一瞬……本当に、一瞬だけ考えてしまった。

親に会わせないまま、親を紹介しないまま、結婚することはできないだろうか、と。重病で田舎から出て来られないとか、海外赴任していてしばらくは帰国できないとか……。とにかくなんらかの理由を付けて、会わせずに進めることはできないかと考えてみた。

楓がまだ話し続けているのに、思わず、小さく首を振ってしまった。

ありえない。

いずれにしても、幸多なら絶対、どこかで「親に会いたい、挨拶《あいさつ》したい」と言うだろうし、そのためにはどんな手段を使っても、どれだけお金を使ってもいいと言うだろう。

向こうの親だって、会わせないのは何か「おかしい」と思うに決まってる。

「ちょっと、愛華聞いてるの？」

「あ、ごめん」

「何よ、もう、華やかな結婚生活まで想像しちゃった？」

笑えない。

気がついたら、涙ぐんでいた。

「あれ、ごめん、ごめん。どうしたの？　私、なんか変なこと言った？」

「いいの、こちらこそ、ごめん」

愛華は泣きながら謝る。

その時、自分が本当はどれだけ彼と一緒にいたいのか、結婚したいのか、わかった。

「無理なんだよ、絶対無理」

「ごめん、ごめん、愛華。もう泣かないで」

必死になだめる楓に申し訳なくて、愛華は笑って見せたが、どうしても涙がこぼれてしまう。


愛華は、自分の親が今、どこにいるか、何をしているのか、知らない。

群馬のどこかに住んでいるんだとは思う。

自分が高校の頃住んでいた高崎《たかさき》の家からは引っ越したかもしれないけど、たぶん、県外に出ていたり、東京に出てきていたりすることはないだろう。

そんな気概《きがい》のある人たちではないからだ。

母はまだ四十代のはずだが、きっと高崎か前橋《まえばし》あたりの、中心部から少し離れたこ汚い家に住み、どこかのこ汚い飲み屋で働いて、こ汚い男と付き合っている。

小学生の頃離婚して家を出ていった父は、別の女と作った家庭で、別の女と作った子供と一緒に、やっぱりだらしない生活をしているのだろう。

母と話したのは、就職が決まった時が最後だ。

あの時はどうかしていたのだと思う。景気もそこそこよかったことが幸いして、一流大学出ではないけれど一部上場企業に就職できた。それがあまりにも嬉しくて、何か変な感動にあふれ、「親に感謝」なんて思ってもみなかった感情がわき上がった。

まあ、それもこれも、自分を妊娠した時堕《お》ろしもせず、母が産んでくれたことのおかげではあるからだ。

それで、つい電話してしまった。

もしかしたら、少し自慢し、母に褒めて欲しかったのかもしれない。

「そうなの……じゃあ、ちょっとお金貸してくれない？」

祝いの言葉もそこそこに、母が言った言葉がそれだ。

「え」

「今ちょっと、困ってるのよ。ね、貸してよ。三十万でいいから」

黙《だま》ってしまった愛華をどう思ったのか、母はつづける。

「じゃあ、十万でもいい。五万でもいい。ねえ、くれって言ってるわけじゃないのよ。貸してって言ってるの」

その時、はっと思い出した。

愛華が進学のために学校帰りにアルバイトして貯めた金を盗まれた日のことを。

中学の時、愛華は早朝に新聞を配っていた。バイト代を貯金《ちょきん》したいと母に相談したら、「銀行口座を作ってやる」と言われて、お金を預けたが全部使われていた。

高校になって、コンビニでアルバイトした時、店長に教えてもらってやっと自分の銀行口座を作った。母は信用できないため、通帳と判子は通学用のバッグに入れて常に持ち歩いていた。それなのに、いつの間にか抜かれていて、全額引き出された。

さすがに泣きながら抗議《こうぎ》したが「家にいる間は子供が稼いだ金は親のものだ。これまで全部与えてきてやったんだから」と母はせせら笑った。

家を出るまで、大切なものはすべて学校の鍵《かぎ》付きロッカーに置くことにした。

あの時も、母が金を貸せとがなっているスマートフォンをそっと切った。その後、何度もかかってきたので、電話番号を変えた。会社名をちらっと言ってしまったのが今でも気になっている。たぶん、一回言っただけだから母には覚えられなかったと思うが、会社まで押しかけて来ないか、社会人一年目はびくびくおびえながら通った。

親に苦労させられた人でなければ、自分の気持ちはわからないと思う。

そして、そうでない人ほど「どんな親でも親は親、親孝行しなければならない」なんて言うのだ。

結婚で籍を抜いたのがわかったりしたら、あの人は自分を探し出すかもしれないと思うと、それだけでも身体《からだ》が震えそうになる。

母親から、愛情のこもった小包を送ってくれるなんて、いったいどこの星の話かと思う。愛華の母は、ただ愛華から何かを奪うことしか考えていないような人だったから。

母親からの小包というのがどういうものかは、なんとなく知っている。

前に、楓が「もう、実家から送ってくる小包がだっさいの。ババくさい下着とか、変に濃い肌色のストッキングとかさあ、絶対に詰めてくるの。おかずとかもいっぱい送ってくるからしばらく家でご飯を食べなくちゃならないし。自炊は面倒だって言ってるのに米まで送って来るしさ」

と愚痴《ぐち》っていたのを聞いたからだ。愛華はそれがうらやましくてならなかった。何回か部屋にお邪魔《じゃま》して、お相伴《しょうばん》にあずかったこともある。

楓の元に届く小包には、いつも出身の福島《ふくしま》名物のパン、クリームボックスが入っていた。彼女はそれが子供の頃から大好きだったらしいが、東京では気軽に買えないので、絶対に入れてくれるそうだ。それから、たけのこご飯。それもまた楓の好物で、親戚の山から掘ってきたたけのこを入れたものを送ってくる。わざわざクール便で。

「こんなの、送料の方がかかるのにねえ」

楓がご飯を頰張りながら、文句を言うのも毎年のことだった。

「その分、お金でも送ってくれればいいのにさ。炭水化物抜いているのに、太っちゃう」

そんなふうに言いながら、必ずお代わりしているのを愛華は知っている。

子供の好物を覚えていて、送ってくれるなんて……。

きっと母は私の好物さえ、知らないだろう。

愛華はそんな母親をずっと恥じているし、恐れている。あの母を幸多やその家族に会わせるくらいなら、死んだ方がましだ。

いや、むしろそれならまだいい。母はまた自分の大切なものを奪いに来る。彼に危害を及ぼすことだってありうるのだ。それを思うと、恐怖で眠れなくなってしまう。

しかし、楓の言ったことは本当になった。

クリスマスの二週間前の土曜日、幸多の誘いで、家の近所の、恵比寿のイタリアンの店でランチを食べた。

二千円くらいのランチセットで、決して安くはない。でも、ドリンクをスパークリングワインや赤白のワインから選べるし、夜なら一万近くするコースがその値段で食べられることもあって、時々、使っていた。

だから、油断していたんだと思う。

顔見知りの店主は一番奥の、ついたてと観葉植物で隠れた席に案内してくれた。

おいしいランチを食べながら、お互いに一週間の仕事の愚痴を言い合った。師走《しわす》で、このところ忙しい毎日が続いている。お互いの会社の同僚や上司のことは何度も話しているのでよく知っているため「○○さんがまたつまんないことで怒ってさ」と言えば、「ああ、いかにもあの人の言いそうなことだね」などと、話が通じる。

気も合うし、価値観も合う間だけに許される会話だった。

そんなやり取りの後、デザートが運ばれてきたところで幸多がほんの少し表情を引き締めた。

「今度のクリスマスなんだけどさ」

「あ」

二人で迎える、初めてのクリスマスだ。愛華も多少、意識はしていた。

年末で忙しいが、その日は上司たちも家族と過ごしたいので、たぶん時間通りに帰れるはず。特に、高級なレストランでご飯を食べられなくても、鶏《とり》でも焼いて、おいしいワインとケーキでちょっとした特別な夜を過ごしたいと思っていた。

「二十四日は、またここで食事しない？」

「えー、ここで？　夜は結構高いよ」

「いや、僕はむしろ銀座《ぎんざ》とかのもっと大きなレストランでもいいかと思ってたけど、あんまり気が張る店より、気楽に楽しくご飯を食べられる方がいいかなって」

「うちでなんか作ろうと思ってたけど……まあ、それもいいかもね」

「あとさ」

幸多は少し上目遣いになる。

「よかったら、二十五日はうちの実家に行かない？」

愛華が口を開く前に、幸多は早口で説明した。

曰《いわ》く、お正月幸多の両親はほとんど毎年、父方の親と温泉旅行に行くことになっていて東京を離れる。だから、自分たちも就職してからはそれぞれ自由に過ごすことになっていた。その代わり、二十五日のクリスマスは家族水入らずで過ごす……。

要は、二十四日は互いの友達や恋人と過ごし、二十五日に家族全員で集まるということらしい。

「まあ、うちもキリスト教徒とかではないけど、最近は毎年そんなふうになっているんだ。兄も奥さんと子供を連れてくるし、弟も今年は彼女を連れてくる」

「だから、あなたも、ってこと？」

「いや、そうじゃないけど……あのね」

幸多はテーブルの上で愛華の手を軽く取った。

「僕は愛華と結婚したいと思ってるし、本気だ。この間、実家に行った時も、父さんたちにそう言った。二人もぜひ愛華と会いたいって言ってる」

「あの」

愛華が口を開こうとすると、彼はそれを押しとどめた。

「待って。それはできないって言うんだろ？　前みたいに。じゃあ聞くけど、愛華は僕のこと、どう思ってるの？　本気じゃないの？　嫌ならはっきり言って欲しい。もちろん、付き合うだけでもいい。だけど、あまりにもお互いの気持ちや、これからの人生の方向性が違っているなら……つらいから」

「……私は、なんと言うか」

どう言ったらいいんだろう。

「愛華はまったく、僕と結婚する気はない？　僕はそんなに駄目な男？　どう思ってるの？　正直に言って欲しい」

何を伝えたらいいんだろう。

結婚相手として、彼ほどの人がいるだろうか。

優しくて、頼りがいがあり、いつも穏《おだ》やかだ。

玉《たま》に瑕《きず》なのは、人が良すぎて先輩《せんぱい》の頼みや誘いを断れなくて、飲み過ぎたり、働き過ぎたりすること。そのくらいだ。

暴力を振るったり、大声で怒鳴ったりすることもない。

愛華がこれまで故郷で見てきた、「母の」男たちとはまるで違う。

「……私だって、結婚したいよ」

愛する男に手を握られて、しぼりだすような声が出てしまった。

そして、口に出したとたん、愛華は後悔した。でも、目の前の男——愛華がずっと好きでたまらない人は、ぱあっと顔を輝かせた。

「よかったー、本当によかった。今までこんなこと、誰にも言ったことがないからさ。本当にどうなるかと思った、って言うか、他の人に言ってたら大変か」

舞い上がっているのか、幸多は何度も「よかった、よかった」とつぶやいた。

愛華はその顔を見て、笑いながら泣いてしまった。だが――。

「うちの家族とばっかりじゃ申し訳ないよね。愛華の親にも話して許してもらわないとね。僕もぜひ会いたいし。クリスマスまでにお会いするのはさすがにむずかしいけど、電話……ＬＩＮＥ電話かなんかで一度ご挨拶したいな」

それを聞いたとたん、涙は引っ込んだ。


「群馬のありんこ」こと都築さんとは、更に頻繁《ひんぱん》にＬＩＮＥを交わす仲になっていた。

発端《ほったん》は、愛華が何気なく送ったメールだ。

――東京は今日は台風の影響で大雨です。都築さんも台風にはお気をつけください。発送は雨や風が収まってからでかまいませんので。

――お気遣いありがとうございます。こちらも朝は少し降っていましたが、今は大丈夫です。夜くらいから来るのかもしれませんね。うちも、娘が東京に住んでいますので、ちょっと心配です。

――都築さんのお嬢《じょう》さんも東京ですか！　ちょっと親しみを感じます。一人暮らしではご心配でしょうね。

――はい。以前は心配で心配で、娘に早くこちらに帰ってこいとばかり言っていましたが、こうして、通販の仕事をするようになってから、石井さんのような、娘と同年代の方もたくさん東京で働いているのだな、と知って、ずいぶん気が楽になりました。これも、新しく通販を始めたおかげだと思っています。私の視野も広くなったようです。

――あー、なるほど、そういうこともあるのですね。私、二十八ですが、お嬢さんも同い年くらいですか。

――はい、同じくらいですね。石井さんのハンドルネームが「LOVE27」なのでそのくらいかな、と勝手に思っていたんです。娘は二十九になります。

――ハンドルネームは去年作ったもので、今は二十八になりました。

それからちょこちょこ個人的な会話をするようになり、都築めぐみさんが五十六歳の主婦で、夫は役所勤めの兼業農家、娘は二十九で東京の墨田《すみだ》区に住んでおり、金融《きんゆう》関係の仕事をしているということもわかった。息子はまだ高校生、夫の母も同居し今は四人で住んでいるらしい。

一度だけ、「都築さんのような方が、私のお母さんだったらいいのに」とつい書いてしまったこともあった。

――隣の芝生《しばふ》は青い、ですね！（笑）娘にはいつも、お母さんは古い、ダサい、と言われています。

と、そつない返事が来た。

幸多にプロポーズされた翌日、愛華は深夜そっと起き出すと、都築めぐみにLINEを書いた。

――突然、おかしなことを言い出してごめんなさい。本当に、変なことをお願いすると思います。もしご迷惑なら、遠慮なく断ってください。

最初のメッセージの送信ボタンを押すと、それはスポッというようなかすかな音と共に流れていった。愛華は息を吐き出す。

これで、もう、引き返すことはできない。

既読《きどく》は付かなかった。畑仕事や介護《かいご》に忙しいめぐみはたぶん、早めに寝ているはずだ。

――私は以前にもお話しした通り、今、付き合っている人がいます。彼は真剣に結婚を考えていてくれて、私も、彼のことを好きなのですが、

そこまで書いてすべてを読み返し、続きを書いた。

――昨日、彼に結婚を申し込まれました。そして、彼に、私の親に会いたい、挨拶がしたい、と言われたんです。普通なら、とても嬉しいことだと思うのですが、私は本当に困ってしまいました。なぜかというと、私の親は都築さんと同じ群馬にいますが、都築さんとはまったく違っていて、とても彼に会わせられるような人ではないのです。

そこでまた、一度、メッセージを切って送った。やっぱり、こちらも既読は付かなかった。

――私は、いわゆる虐待《ぎゃくたい》を受けて育ちました。両親は小学生の頃離婚し、母と暮らしていたのですが、小さな時にはよくぶたれましたし、それ以外は言葉による暴力です。それから、母はギャンブルや酒にはまっていて、私は自分の進学のために貯めていたお金を何度も盗まれました。逃げるようにして、東京に出てきたんです。それからほとんど実家とは連絡を取っていません。

――そんな人を、とても彼に紹介できません。彼の親にも……。でも、私は付き合い始めた頃、彼に「親は群馬に住んでいて、農家をやっている。時々、小包を送ってくれる」と言ってしまいました。そして、都築さんが送ってくれる小包を、実家からのものだと偽《いつわ》って、彼に見せていました。都築さんのご家庭にあこがれていたからかもしれません。

――それで、お願いなのですが、できましたら私の親として、彼とＬＩＮＥのテレビ電話でお話ししていただけないでしょうか。ほんの少しだけでいいんです。そして、お祖母ちゃんの身体の調子が悪いから、会うことはできないけどよろしく、とか、言っていただけないでしょうか。

――それがむずかしいようでしたら、手紙でもかまいません。私が文面を考えて送りますので、

それを都築さんに書いていただいて、こちらに送り返してくださることはできませんでしょうか。本当にすみません。こんなことをお願いして。こんなことを言うのは失礼かもしれないのですが、できるだけお礼はさせていただきます。迷惑料として、十万円くらいならお支払いできます。いかがでしょうか。

――無理なお願いをして、本当にすみません。どうかよろしくお願いします。長文、駄文《だぶん》、失礼いたしました。

書き終わると外は明るくなっていた。

会社帰りにスマートフォンを見ると、都築めぐみから返事が来ていた。慌てて開く。

――お話はわかりました。私も実家の親とは不仲な時期もあり、お気持ち、少しわかります。今夜にでも石井さんのよろしい時にＬＩＮＥの電話でお話ししませんか。直接話した方がいいと思いますので。

――ありがとうございます！　家に戻りましたら、連絡します。彼は遅くまで戻ってこないので、大丈夫です。

そこから、急いで恵比寿の家まで戻った。不安や期待、いろいろな気持ちが混じって、足が速くなったり、逆に重くなったりした。

家に帰って着替えをすると、すぐに電話をした。

「はじめましてー」

めぐみは少し緊張《きんちょう》しているようだったが、笑顔を見せてくれた。以前、写真を見て思った通り、美人ではないが、笑顔にどこか可愛らしさがある、でも、芯《しん》のある印象の女性だった。化粧気《けしょうけ》はないが眉がはっきりしていて、肌がきれいだった。きっと、普段からほとんど化粧をしない女性なのだろう、と思った。

彼女がいるのは和室のようだ。少し薄暗い部屋で、彼女の後ろには仏壇《ぶつだん》と、その脇《わき》に飾られた千羽鶴《せんばづる》が見えた。

「こちらこそはじめまして、石井愛華です。このたびは変なことをお願いしてすみません」

「いえいえ、相談してくださって、ちょっと嬉しかったです」

「え、では……」

愛華は期待を込めて、画面を見た。

「受けてくださいますか」

めぐみはちょっと下を見て、意を決したようにこちらを見返してきた。

「あの……お受けするのは簡単です。でも、そのあと、石井さんはどうなりますか」

「え」

「もしも、お受けして、私と彼とお話しして、その後……どうなりますかね」

「ええと、それは」

もちろん、それは考えないでもなかった。

だけど、今はこの二週間を切り抜けたい一心だった。とにかく、一度、めぐみの顔を見せて、あとは「忙しい」「病気で入院している」などとごまかしていくことしか考えられなかったのだ。

「私がお受けするのは、さっきも言いましたように簡単なことです。裕福《ゆうふく》でもありませんので、電話一本で十万もいただけたらありがたいです。でもね、考えてみて。その後、どうなりますか？　一度、嘘を吐いたら、これからもずっと吐き続けることになりますよ」

「でも、私はもう、吐いてしまったので」

「今回の嘘は、桁《けた》が違います。偽者《にせもの》を用意してまで彼をだまそうとした。それは、これまでの嘘とはレベルが違うと思います」

「そう、ですね……」

愛華はうつむくことしかできなかった。

「石井さん、これが最後のチャンスですよ、本当のことを言う。今ならぎりぎり間に合います」

「そうでしょうか。でも、もう間に合わないかも」

涙がにじんでくる。

「ええ、その可能性もあります。でも、今なら、私に話したようなことを素直に、全部話せばわかってくれるかもしれません。あなたの過去も含めて。私は納得しましたよ。母親と確執《かくしつ》があり、家族について嘘を吐いて、その後も本当のことが言えなかった。そういうことはあるだろうなと、思いました」

「本当ですか？　でも、小包のことも」

「小包も、こういう家族がいたらいいな、こういう小包が欲しいな、と思ってつい嘘を吐いてしまった、願望を言ってしまった。そう言ってみたらどうでしょう」

「……わかってくれるかしら」

「大丈夫。私以上に、石井さんのことを愛している彼ですもの」

それから、めぐみはくり返し、愛華を励《はげ》まし、慰《なぐさ》めてくれた。

「とにかく、これが最後のチャンスです。私が偽者の母親を演じたら、おそらく、すべてが終わります」

「……わかりました」

もしも、それでも、どうしてもやって欲しいということならまた連絡くださいと言って、めぐみは電話を切った。

愛華は食卓のテーブルの前に座ったまま、じっと頭を抱える。

何時間そうしていたのだろう、玄関のノブががちゃがちゃ音を立てて、幸多が帰ってきた。

「ただいま」

愛華は顔を上げた。

「お帰り」

「どうしたの？　電気も点《つ》けないで」

幸多は手を伸ばして、電気を点けた。

「幸多、あのね」

愛華は彼の顔を正面から見た。

自分は、言えるのだろうか。

親から「幸《さち》、多かれ」と祈りを込めて名前を付けられたこの人に、すべて本当のことを言うことができるのだろうか。

「幸多、あのね、私、あなたに初めて会った時に……」

愛華は静かに話し始めた。

第四話　お母さんの小包、お作りします

都築《つづき》さとみが実家についた時、母のめぐみがため息を吐《つ》きながら電話を切ったところだった。

丸い背中、薄くなった頭頂部《とうちょうぶ》、すり切れたフリース……目に飛び込《こ》んできた母の情報はすべてマイナスのことばかりだったが、さとみはすべて無視して、思い切り叫んだ。

「ただいまー」

「……おかえり」

それでも、振り返った母は弱く微笑《ほほえ》んでくれた。

「何？　誰と電話してたの？」

さとみが尋ねると、「お客さん」とぽつりと答えた。

「え、お客さんて？　どういうこと？」

続けざまに尋ねると、母はやっと考えごとから解き放たれたように表情を変え、「疲れたでしょ。何か食べる？」と立ち上がった。

「うん」

「ご飯食べてきたの？　電車の中では？」

「お昼は向こうで食べたけど……夜はまだ食べてない」

本当は食べられなかった、のだ。

ガレージに車を駐《と》めていた父が家に入ってきた。黙《だま》ったまま、奥の部屋に入っていく。

「お父さん、ありがと」

「うん」

昔から無口な父だ。

父の後ろ姿に母が声をかけるのかと思っていたけど、何も言わなかった。

両親の関係、家の雰囲気《ふんいき》が今ひとつつかめない。家に帰ってくるのは十年以上ぶりだ。もちろん、数年に一度くらいは正月に帰省《きせい》していたけれど、本格的に「帰ってくる」のは。

「お茶漬《ちやづ》けかなんか、食べる？」

「そうね」

お茶漬けどころか、ステーキくらい食べられそうな勢いだったけど、そうも言えない。

「あんたの部屋、片付けておいたから」

「ありがと。じゃあ、荷物置いてくるよ」

二階の一番端《はし》の四畳半《よじようはん》の部屋。昔は季節ものの布団《ふとん》を置いていた場所が中学生の時、さとみの部屋になった。それは今でも変わらない。

ベッドと学習机、小さな本棚。それ以外は何もない。

東京から引っ張ってきた二個のスーツケースを置いたら、いっぱいになってしまう広さだ。ベッドに座ると、それはきしんだ音を立てた。目の前に貼ってあるのは十代の頃ファンだった関ジャニのポスター、本棚には数冊のコミック。それ以外に彩《いろど》りはない。

——帰ってきちゃったな。

しかし、いつまでも感慨《かんがい》に浸《ひた》ってもいられなかった。

なんと言っても、さとみは腹が減っているのだ。

下に降りる前、弟、隆《たかし》の部屋をノックした。

返事の前にガラリと開けると、ベッドで漫画《まんが》を読んでいる。

「帰ったよ」

なんの返事もない。

「しばらく、よろしくね」

やっぱり、返事はなかった。高校生なのだから、こんなものかもしれない。

階下に降りると、母がテーブルの上にご飯を用意してくれていた。

白いご飯の脇に、サツマイモと豚肉《ぶたにく》を煮《に》たものときんぴらが少しずつ小皿にのっている。その横に、袋入りのお茶漬けの素《もと》が置いてあって、向かいの母と自分の両方に湯飲《ゆの》みがあった。

母はすでに茶をいれて飲んでいた。

「お茶漬けにする？　それとも、卵でもかける？」

「あ、卵にする」

間髪を入れずに答えると、母は立って冷蔵庫を開けた。生卵を小鉢《こばち》に入れて出してくれた。

「卵、焼こうか？」

「ううん、生でいいよ」

母が少し、ほっとしたような気がした。疲れているのかもしれない。

さとみはすでに箸《はし》を取って、サツマイモの煮物を頬張《ほおば》っていた。

甘辛く煮付けられていてうまい。きんぴらはゴボウではなく人参《にんじん》とジャガイモだ。家で採れた野菜だろうことは、聞かなくてもわかる。七味《しちみ》はかかっていない。お祖母《ばあ》ちゃんが辛《から》いものは嫌いだからだと知っていたが、少し物足りなかった。

「これ、おいしいね」

黙っているのも、気まずいので口を開いた。

「傷物だけど、紅《べに》はるかだからね」

「へえ、うちでも紅はるかなんて作ってるんだ」

「傷が大きくて、成熟《せいじゅく》させたら腐《くさ》りそうなやつを使ったの。まだあんまり甘くないから、砂糖《さとう》と醤油《しょうゆ》を入れて煮たのよ」

「我《わ》が家《や》流の肉じゃがだね」

「じゃがいもじゃないわよ」

「肉サツマ、か。おいしいよ」

卵を割って箸で崩《くず》し、ご飯にざっとかけた。醤油もかけたところで気がついて、目で探した。実家の食卓の横には昔から小さなワゴンが置いてあって、そこにさまざまな調味料がのっている。そこから好きなように自分で取るようになっていた。

砂糖壺《つぼ》を開けてさじの半分ほどを醤油の上にかけ、さらに味の素の容器をつかんでざざざっとかけた。

それらを箸でがーっとかき回してかき込む。砂糖と味の素をかけるのは、昔から実家でやっていたやり方だ。

うまい。やっぱり、うちの米はうまい。

茶碗を下げた時、母がさとみの顔をじーっと見ていることに気づいた。思わず、目を伏せてしまう。

「あんた、お腹空《なかす》いているの？」

せっかく料理を褒めてあげたのに、母の顔に笑顔はない。

「あー、うん」

「そうなの？　どうしたの？」

　母はいぶかしそうに、眉《まゆ》の間にしわを作った。

「どうしたのって……別に。ちょうど、時間が合わなくて食べられなかったから」

「ふーん」

「ふーんて、何よ」

「だってあんた、ここ数年、帰ってきてもずっと家のご飯食べなかったじゃない。糖質が多いとか、砂糖使いすぎだとか、甘いものばっかだ、とか言って」

「そうだったっけ」

　とぼけたけど、もちろん、覚えている。

「そうよ。家に帰ってきても、こんなの食べられないって、温野菜かサラダしか食べてなかったじゃない。コンビニまでわざわざ車を出して、冷たいチキン買ってきてたじゃない」

「まあ、あの頃はダイエットしてたからね」

「そうなの」

　母の不審そうな目は変わらない。

　気持ちはわかる。だって、当時は今より八キロも痩《や》せていたのにダイエットしていた。今の方がずっとダイエットが必要なのに何を言ってるの？　と思っているのだろう。

「どうしたの？」

　母がもう一度聞いた。

「何が」

「お正月でもないのに急に帰ってくるし」

「帰ってきちゃ、いけない？」

母はいいえ、と首を振った。

「いけなくはないけど、どうしたのかと思って。いったい、あんた、いつまでここにいるの？」

母のあまりにもまっすぐな瞳《ひとみ》を直視できず、また目を伏せてしまった。

この時、実は仕事を辞めてきたのだ、と言ったら、母はどんな顔をしただろう。告白してしまえばよかった。だけど、とっさに「しばらくね」と答えてしまった。そんなことを考えながら寝落ちした。そして、ぐっすり眠って目覚めたら、もう家には誰もいなくなっていた。

久しぶりとは言っても、やっぱり実家なんだな。こんなに深く眠れたのは久しぶりだ、としみじみ噛《か》みしめながら階下に降りた。家中がしーんと静まりかえっていた。皆、畑に行ったのだということはわかっていた。

食卓の上には特に書き置きなどはないが、新聞紙が伏せてあって、それを取り除くと朝食があった。パンと目玉焼きと野菜サラダ。たぶん、野菜はやっぱり家で採れたものだろう。冷蔵庫から牛乳を出して、それと一緒に食べていると居間の時計が大きな音で鳴った。ぼーん、ぼーん、ぼーん、という大きな音を無意識のうちに数えていると、それは八つで止まった。

八つ？　今、八時か、と思う。

正直、そりゃ、明け方から働いている家族たちと比べれば遅いが、放蕩《ほうとう》娘が東京から帰ってきて最初の朝としては悪くない時間だと思う。

三年前の正月に帰ってきた時はたぶん、十時過ぎまで寝ていて、それを誰もとがめなかった。

でも、なんだろう、この罪悪感は。

これは自分がこれからここに住もう、いや、もうここしかいるところがないとわかっているゆえの「気後れ」「気兼ね」というものなのか。

それとも、昨夜の母の視線……どことなくこちらをうかがっているような、うたがっているような視線のせいなのか。

朝食の上にのっていた新聞に目を通す。日本とアメリカの首脳が会ったの、話したの、という記事をぼんやりと眺めるが、頭に入ってこない。考えてしまうのは自分の来し方行く末……つい、昨日までいた街、東京でのことだった。

ずうっと真面目《まじめ》に十八まで勉強してきて、東京の大学に入った。両親は地元の大学に入ってほしがったけど、それを振り切って出てきたのは、決して遊ぶためではない。当時は真剣に勉強をしたかった。それには地元や実家の生ぬるい空気の中では駄目だと思っていた。そして、実際、大学では経済学を専攻し、サークルでは英語劇をやった。大手町《おおてまち》の外資系金融《きんゆう》会社という自分ができる中で最高の仕事についた。

それなのに。

二十四歳の時から五年間、ずっと妻子《さいし》ある男と付き合ってしまった。

ああ、もう、と頭を抱えたくなるくらい、馬鹿《ばか》な話である。

でも、あの頃、自分には他の道はなかった、とも思う。

いっぱいいっぱいいっぱいまで頑張《がんば》って、ほとんど男子とも付き合わずにいたのに、たまたま取材を受けたテレビディレクターの駒田《こまだ》に騙《だま》されてしまった。ニュース番組を作っている制作会社のディレクターで、局の職員でさえなかった。「今、輝《かがや》いている女たち」……ミニコーナーとしてもつまらない名前だった。

今思えばただ忙しいだけのつまんない男だった。見た目も、ちびでデブでハゲだった。なんで自分があの男に落ちたのかわからない……と言えればいいのだが、よくわかる。

一見華《はな》やかで楽しそうな世界を見せてくれた。そして、物慣れた雰囲気に、めろめろになったのだ。自分はそういうものに飢《う》えていた。十八から四年＋二年東京にいて、一流企業に入っても、ずっと真面目に過ごすだけの人生だった。だから、自分の大切な二十代後半の五年をすべてあの男に費《つい》やした。

費やしたのは歳月《さいげつ》だけではない。

お金もだ。

彼は出会った当初こそ金払いがよく、いろいろな場所に連れて行ってくれた。しかし、付き合いが始まると、実は制作会社は薄給だし、私立の小学校に行かせている息子《むすこ》の学費がすごくかかるのだと言って、ほとんどさとみに払わせた。そのくせ、派手好きの見栄っ張りで、食事は有名フレンチ、ホテルは高級ホテルに泊まりたがった。

さとみは彼と付き合うまで、質素《しっそ》な生活をしていた。給料も悪くなく会社に電車一本で行ける錦糸町《きんしちょう》の月八万の賃貸《ちんたい》マンションに住み、家に帰れる時は自炊をした。それで貯まっていた二百万近い貯金は、一年前、彼が独立して、ドキュメンタリー番組を作る制作会社を立ち上げた時、渡してしまった。

だって、彼はどうしても会社を作りたいと言ったのだ。今のままでは妻と離婚しても、子供の学費と養育費の両方は払えない。そのためには自分の会社が必要なのだ、と言ったから。

二人の未来のために会社を作りたい。君にも手伝って欲しい。会社が軌道《きどう》に乗ったら、役員として迎えたい。君のように英語にも金融にも長《た》けた人材が必要だ。君のスキルならどんな会社にも行けるだろうが、うちに来て欲しい。もちろん、君との間に子供が欲しい。でもそのためには今の会社の給料では無理だ。君との子供も私立に行かせたいし……というか、今の妻は馬鹿だから子供もいい私立学校には行かせられなかったんだ。君との子だったら幼稚舎《ようちしゃ》だって夢じゃないと思う。東京の起業家は二人目の妻とか普通だから大丈夫。

彼の言葉を信じ、自分もその夢に乗っかった。全部、彼に渡した。それどころか、彼の借金の保証人《ほしょうにん》にまでなった。

起業を手伝って欲しいと言われて、会社も辞めた。彼が借りた、有楽町《ゆうらくちょう》のマンションの一室に閉じこもって、朝から晩まで働いた。

しかし、会社が軌道に乗り始めると、彼はさとみを遠ざけるようになった。いろいろと理由が作られて、さとみは出社できなくなり、家での作業を命じられるようになった。

その代わり、彼の妻が会社内に入ってきて我が物顔に振舞うようになったらしい。らしいというのは、さとみと一緒に働いていた、ＡＤの女の子が話してくれるのを聞いただけだからだ。

「駒田さんの奥さんが会社でいばるようになって、本当にやりにくいんですよ。あれじゃ、都築さんが気の毒だって皆、言ってます」

さとみはもう苦笑いして聞くしかなかった。

結局、彼は離婚どころか、別居さえしなかった。

さとみは、自分の部屋に閉じこもった。他にしようがない。気持ちはどんどん落ち込んでいき、思いあまって彼に電話した。せめて、金を返して欲しいと頼むと彼は電話に出なくなった。数ヶ月して、やっと電話に出てくれたのは……彼の妻だった。これ以上付きまとうようなら、夫を寝取ったさとみを訴える、慰謝料《いしゃりょう》をもらう、と言われた。

なんだか恐ろしくなって、何も言えなくなってしまった。

再就職しなきゃと思いながら、金と男をいっぺんになくし、気力がまったくなくなった。当然、すぐに金は底をつき、マンションを出ることになった。

東京には特に頼れるあてもなく……家を引き払う当日、実家に「これから帰るから」と連絡を入れた。

それは、親だっておかしいと思うだろう。正月にはまだ少し間がある時期に突然娘が帰ってきたら。

そこまで思い出して、ふと手元を見たら、その新聞紙は何ヶ月も前のものだった。

「さとみ、お昼ご飯、できたわよ！」

畑からなかなか帰ってこない親たちにしびれを切らして自分の部屋で二度寝をしていると、母の声が聞こえた。

枕元のドラえもんキャラクターの時計を見ると、一時近い。三時間近く眠ってしまったらしい。

「お疲れ様ー」

あくびをしながら下に降りると、父と祖母が、自分がさっき食事をしていたテーブルについているのが見えた。母が汁物《しるもの》をよそっている。

「よく眠れた？」

祖母がにこにこしながら、尋ねてくれる。

気まずいところにその質問、ありがたい、グッドジョブお祖母ちゃんと心の中で思いながら答えた。

「うん。やっぱり、実家は違うねえ。なんか、すっかり熟睡《じゅくすい》しちゃったよ」

そこで母の方をちらりと見るが、母はすでに箸を取って、「さ、いただきましょ」とそっけなく言った。

サツマイモときのこ、鶏肉《とりにく》が入った炊き込みご飯、具だくさんのけんちん汁、小松菜《こまつな》のごま和《あ》え……母が用意してくれた食事はどれもおいしかった。

「さとみちゃんが帰ってくるなんて、いいお正月だねえ。あけましておめでとう」

お祖母ちゃんがにこにこ言う。

「そうねえ」

まだ正月まで間があるのに、祖母は気がついていないらしい。さとみは思わず、母の顔をうかがったが、母は顔色一つ変えずに受け流している。父はもくもくと食べているだけだ。

「あとで、袋詰めとメルカリ用の荷物の出荷があるから手伝ってくれる？」

母がけんちん汁を口にしながら言った。

「メルカリ？　いいけど」

母の言っている意味がわからないまま、うなずいた。

母屋の横には少し大きめの倉庫があって、作業所兼作物保管所になっている。

母と二人で向かい合わせに作業用の低い椅子に座り、紅はるかの箱詰めをした。

昔もさんざん、こういう作業をしたものだと思い出した。農協に出す前の作物は、きれいに洗って袋詰めしなければならない。

「紅はるかの傷物は『道の駅』に格安で出すくらいしかなかったんだけど、メルカリにのせてみたら結構、売れてね」

倉庫に行く間に母がたんたんと説明してくれた。

「それから、直接LINEで注文を受けるようになって。現金で直接もらえるから、ありがたいんだわ」

「へえ、お母さんがLINEとかメルカリとか使いこなせてるとは思わなかったよ」

母がうっすら微笑んだ。それでも、帰ってきてから一番の笑顔だった。

「隆もわからないことがあれば教えてくれるし」

「ふーん。あいつ、私とはぜんぜん話さないけど」

「ここ三年くらいずっと反抗期よ。あれでも最近、少し良くなった」

母に指導されながら、紅はるかの五キロ入りの箱、十キロ入りの箱を作る。他に、農協に出荷する分の袋詰めの作業もした。

「本当のところ、何があったの」

差出人と注文数を間違えられない箱詰めが終わると、母が尋ねてきた。

とっさに答えられなかった。

「……何がって、何が」

やっと絞《しぼ》り出した声もつっかえつっかえで、あやしいと思ってください、わけありです、と白状しているようなものだと自分でも思った。

「あんた、妊娠《にんしん》してるんじゃないでしょうね」

「そんな」

顔を上げると、母の疑心暗鬼《ぎしんあんき》を絵に描いたような目とぶつかった。

「違うって」

「本当だろうね？　言うなら今だからね」

「違うって！　妊娠なんてしてないって。そんなこと思ってたの？」

「三年も帰って来なかったのに、急に戻ってきて寝てばかりいるし……」

母はさとみの身体《からだ》をじろじろ見る。身内でなければ、訴えられそうな視線だ。

「これは普通に太ったの！　寝坊はまだ今朝だけじゃない」

「これからもやられたら、たまんないわよ。それに理由もはっきりしないし、いつまでいるのかもちゃんと言わない。心配するのが普通でしょ」

母はため息を吐いた。

「あんたもわかるでしょ。おばあちゃん、アルツハイマーだって診断《しんだん》されたのよ」

「え！　そうなの？　いつ？」

「半年くらい前かな」

「なんで教えてくれなかったの？」

「教えたって、なんにもできないでしょうが、あんた」

母の言うことはいちいち突《つ》き刺《さ》さる。東京にいる間なら、何もできなかったに違いない。

「まあ、今はいい薬もあるらしくて、それを飲んでるから」

「治るの？」

「治らないけど、進行を遅くすることはできるらしい。……まあ、時間稼ぎだよね」

「そうなんだ」

母は向き直った。

「ね、だからちゃんと教えて欲しいのよ。なんで、あんたが戻ってきたのか、今後どうするつもりなのか。こっちにはこっちの生活があるの」

そこまで言われて、話す決心がついた。

だけど、いったいどこから話していいのかわからない。あの男とは不倫だったということも言っていいのか。東京で働いてきて得たお金をすべて取られたことも言っていいのか。なんと言ったら納得してもらえるだろう。

とにかく、不倫のこと、お金のことは隠すことにした。

「つまり、失恋したってことね？」

長年付き合った男がいたけど結婚できなくなって、というところまで話すと母が言った。

「いや、違う。いやまあ、そうだけど」

「失恋くらいで東京から帰ってきたの？　あんなに東京がいい、東京に行かないと私の人生が始まらないって言ってたのに」

「だから、失恋だけじゃないの。最後まで聞いてよ」

彼と事業を始めるために仕事を辞めた、と言うと「えー」と母は叫んだ。

「会社辞めちゃったの？」

「うん」

「苦労して、あんないい会社に入ったのに……正社員だったのに。うちの親戚で正規雇用《こよう》なのはあんただけだったのよ、しかも東京で」

それは私が一番わかってる、と言いたかった。ずっと後悔しているのだ。だけど、口では反対のことを言った。

「いろいろ不満もあったしね。激務のわりにお給料もよくなくて、上は女性の社会進出にほとんど興味がない人たちばっかりだし」

嘘《うそ》だ。激務なのは確かだけど、そのぶん、ちゃんとお給料も払われていた。福利《ふくり》厚生《こうせい》もしっかりしていた。

もちろん、細かな不満がなかったわけじゃない。だけど、大好きな会社だった。それなのに、あんな男に騙されて、結婚に目が眩《くら》んで辞めてしまった。

一番、後悔しているのは自分自身だった。

「そんなわけで、仕事がなくなったのでこっちに帰ってきたわけ」

「じゃあ、ずっとこっちにいるの？」

「……まあ。うん」

「本当に⁉　ずっと実家に住むということ？」

母は本当に驚いたらしく、何度も問い質《ただ》した。

「まあ、今はそのつもり」

「そのつもりって……」

「嫌なの？」

「そういうわけじゃないけど……びっくりした。あんたは群馬《ぐんま》が嫌いなのかと思ってたから……もう、あんたと暮らすことは諦めてたっていうか、考えてもなかった」

そう、そうなの、へえ、と母は手は動かしながら、何度も何度もつぶやいている。よほど驚いたらしい。

「そんなにショック受けないでよ。迷惑なら、仕事探して出て行くからさ」

本当は、思ってもいなかったけど、できるだけ母を安心させたいのと、本心が知りたくて言った。

「このあたりに仕事なんてないわよ……たぶん……あんたが気に入るようなのは。まあ、家のことを手伝ってもらえるのはありがたいけど」

さすがにあまりにもそっけなさすぎたと思ったのか、言い添えてくれた。

「でも、なんか、あんたらしくないね」

母は小声でつぶやいた。

私らしい……それが何を意味するのか聞いてみたかったけれど、でも、一方で怖い気もして、尋ねられなかった。

「もちろん、なんでも手伝うよ。畑の手伝いも、軽トラの運転もするし、お祖母ちゃんの面倒もみる」

母のつぶやきは聞こえなかったふりをして、できるだけ明るく言った。

「東京では車なんて乗ってなかったんでしょ。少し練習しないとね」

「うん……そういや、メルカリとか、ＬＩＮＥで注文取ってる野菜の宅配の話、聞かせてよ」

「ああ、そうね」

母は気を取り直したかのようだった。

「最初はね、道の駅であまったもの売ってたんだけど、それだけじゃあ、捌《さば》ききれないほど傷物って出るでしょ。家族用に作ってる野菜だって、あんたもいなくて四人家族じゃ、食べきれないじゃない？　ここいらの人たちだって皆そうだから、もうあげる相手もいないしね」

「そうだね」

「だから、ご近所の人に教えてもらってね、最初はメルカリで売るようにしてたの。でも、メルカリは一割の手数料取られるし……それだって農協で売るよりはずっとお金になるんだけど、でも、何より、お客さんに喜んでもらえるのが嬉《うれ》しくて、ＬＩＮＥで注文を取るようになったわけ」

母の表情は生き生きと動き出した。

「最初は、お芋《いも》とお米くらいだったんだけど、あまった野菜なんかもおまけにつけてあげたら、本当に喜ばれてねえ。そういうのミックスしていろんな野菜を入れる『季節のパック』を作ったら、またそれも注文が増えて」

母のＬＩＮＥのタイムラインを見せてもらうと、確かに、季節の作物の紹介をしたり、新物の情報を流したりと、意外とよくやっている。

「これ、私も手伝わせてもらったら、もっとよくできるかも」

「え、そう？」

「うん。ホームページを作って、そこから直接注文をしてもらうようにできるよ。たぶん、ずっと楽になると思うし、今よりたくさんの人が見てくれるようになると思う」

「そんなことできるの？」

「私、少しならホームページも作れるから」

母は身を乗り出した。

「だったらお願いしようかしら。中には、まるで、お母さんからの小包《こづつみ》が届くみたいで楽しいとか、気持ちがあったまるとか言ってくれる人もいるのよ」

「お母さんの小包か……」

ふとひらめくものがあった。


「お母さんの小包、お作りします」

そんなホームページができあがったのは、年も明けた、一ヶ月ほど後のことだ。

——故郷《こきょう》のお母さんから送られたような、おしゃれではないけれど温かい、そんな小包はいかがですか。「ありんこ農場」は従来の野菜の宅配に加え、「お母さんのあったか小包」を始めました。

商品のほとんどは今までと同じ、紅はるかや米、ジャガイモの単品の小包だ。だけど、一割ほど、「お母さんのあったか小包」というのを作ってみた。

サツマイモとジャガイモ、米というシンプルなセットから、そこに季節の野菜を加えたセット、他に地方のお土産《みやげ》「水沢《みずさわ》うどん」や「味噌《みそ》まんじゅうの真空パック」と合わせるセット、シークレットで「開けるまでわからない何が届くかお楽しみ」というものまで作ってみた。

「あったか小包」の売り上げは最初、まったくなかった。

元々の常連さんが「水沢うどんを食べてみたいから入れて」と言ってくるくらいだった。そんな時は道の駅までさとみが自家用車で買いに行った。

日々の生活も規則《きそく》正しくなり、安定してきた。

さとみも朝から両親と一緒に畑に出て収穫し、それが終わると袋詰めをして、農協や道の駅に持っていく。弟の隆とは夕食の時くらいしか顔を合わせない。それも、週に三、四度塾《じゅく》に行っているから一日中会わないこともあった。

祖母は、週に一度は病院に、週に三度はデイサービスに行く。デイサービスは迎えの車が来るが、病院は誰かが付き添わなければならない。母が「お祖母ちゃんは、あんたの言うことなら聞く」と言うので、それは自然にさとみの仕事になった。確かに、祖母は時々行きたくないとごねるが、さとみが「一緒に病院に行こう」と言うと、嫌がらずについて来る。

「先生の前ではちゃんとしなくちゃだめだよ」と車の中で何度も言う。どうも自分の病院ではなくて、さとみの通院について来ているつもりらしい。

最初に「これから、さとみもしばらくこっちにいることになったのよ」と母が家族に報告した時も、「嬉しいねえ」と手放しで喜んでくれたのは祖母だけだった。

父はいつも黙っているから何を考えているかわからないし、母は祖母の言葉に「そうね、よかったね」と相槌《あいづち》を打っただけなので、本心は見えない。

道の駅に自分の家の品物を並べに行くと、同級生や幼なじみと顔を合わせることもあった。たいていは挨拶《あいさつ》程度の話しかしないが、話しかけてくれる人もいた。

「さとみっちじゃん」

振り返ると、それは小学校の頃仲良かった、亜美《あみ》ちゃんだった。

金髪に近いくらいに髪を脱色《だっしょく》している。それを時折、指ですくようにいじりながら話す姿は昔と変わらない。

「亜美ちゃんも品出しに来たの？」

「ううん。ただの買い物。うちは農家じゃないもん」

そうだった、亜美ちゃんは……農家じゃ……なかった。

彼女と同じクラスだった一年生の時、遊んでいる途中で「亜美ちゃんのパパは何しているの?」と聞くと「東京の会社でお仕事しているの」と答えた。

「え、いいなあ」

思わず、大きな声で言ってしまった。

子供の頃、農家でない、会社員の家は憧《あこが》れだった。それも、東京だなんて。

「パパは東京でお仕事なの。だから、会えないの」

亜美ちゃんは今みたいに金髪ではないけれど、少し茶色っぽい髪がふわふわしていて、本当にかわいかった。服もおしゃれだったし、当時、一緒にいて一番楽しい友達だった。

本当は亜美ちゃんのパパは東京にも、どこにもいない、ということがわかったのは、小学校高学年になった頃だろうか。

亜美ちゃんのお母さんは美容師さんで、街の美容院で働いていた。亜美ちゃんのパパは少年院に行った男だとか、街に流れてきた男だとか噂《うわさ》はあったが、確かなことは誰も知らなかった。

「お母さん、元気? 今も美容院に勤めているの?」

記憶《きおく》を手繰《たぐ》り寄せながら、質問する。

「うん。あたしも、そこでバイトしてる」

「そうなんだ」

「美容の専門に行ったんだけど、ばっくれて、資格取れなかった」

彼女は舌を出した。

「そうなんだ」

馬鹿みたいだけど、同じことしか返せなかった。

「今も実家に住んでるの？」

「ううん。働くようになってから、家は出たよ。でも、ママとは店で会うからさ、資格をちゃんと取れ、また学校に行けってうるさいの。でも、美容師の資格とかめちゃくちゃ大変なんだよ」

「そうだろうね」

「めんどいから行ってない。さとみっちが帰ってきてるって友《とも》ちゃんから聞いてたけど」

「え、そう？」

もしかしたら、噂になっているのかもしれない。こうして、道の駅やスーパーなんかに普通に出入りしていたら、当然誰かに見られる。

「もう、こっちにずっといるの？」

「たぶん」

ありがたいことに、彼女は特にそれに理由を求めず、「もう仕事は終わったの？　あたし、これからお宝市場《たからいちば》に行くけど、さとみっちも行かない？」と誘ってくれた。

「お宝市場？」

そう聞き返しながら、確か、国道沿いにそんな名前の、倉庫みたいな店があったなと思い出す。リサイクルショップの全国チェーンのはずだ。社長は時々、テレビに出ている。

「うん。あたし、最近、服はいつもあそこなんだ」

「行ったことないや。服もあるの？」

「うん、行こうよ、楽しいよ」

道の駅に出したのは庭先の畑にあるハウスで作ったミニトマトとオクラだけだったので、原チャリで来ていた。それはそのまま置いて、亜美ちゃんの軽自動車に乗せてもらうことにした。

「さとみっちのお祖母ちゃんとか元気？　ずっと会ってないよね」

昔はよく遊びに来ていたけど、中学生くらいから家に来ることもなくなった。亜美ちゃんとはグループが違ってしまったから。亜美ちゃんは少しだけぐれている、派手な女子が集まる「不良グループ」に入っていた。

「まあ、身体は元気だけど、ちょっとアルツハイマーなんだよね。私が病院に連れて行ってる」

「今、皆、そうだよね」

ちょっと前なら、亜美ちゃんと一緒に買い物に行くなんて、考えられなかったかもしれない。だけど、彼女がさとみに、なんで東京から帰ってきたの？　どうして会社を辞めたの？　と聞いてこないことが妙に気楽で心地よく、つい車に乗ってしまった。

なんとなく、彼女の中では「人は東京ではうまくいかなくて、こっちに帰ってくるのが普通」と思っているような気がした。そのことに大きな理由はいらない。それに、お祖母ちゃんのアルツハイマーのことも、そう深刻にならずに受け取ってくれた。人は年を取れば、アルツハイマーになる、と。

不思議だ。ここのところ、そこそこハードモードだった自分の人生が、亜美ちゃんといると普通に見えてくる。彼女が特別なことを言ってくれたわけじゃない。ただ、「ふーん、そうなんだ」「まあ、皆、そうだよね」とか相槌を打っているだけなのに。

「亜美ちゃんは、今どこに住んでるの？」

「実家の近くにアパート借りてる。家賃《やちん》三万で、駐車場もついてるから割に安いよね。近くにでかい道路も通ってるし。さとみっちは家、出ないの？」

「まだ、仕事もないし」

現金収入のない自分が一人暮らしなんかできるわけない。それにここに暮らすことになれば、軽自動車くらいは必要になるだろうけど、そのお金もない。

「服なんて、最近、ユニクロでしか買ってないな」

早朝の農作業用に、極暖《ごくだん》パンツを一枚買ったきりだ。あまりにも寒いから。

どこか、自虐気味につぶやいたのに、「ユニクロって高くない？」と亜美ちゃんは返してきた。

「そう？」

「ユニクロ、新品だと結構高いじゃん。ユニクロだってすぐにばれるし。しまむらもばれるし、他の人とかぶる。だから、あたしはいつもお宝市場。そこで千円くらいのブランド物の古着を買った方が、安いし、品物もちゃんとしているよ。飽きたら、メルカリとかで売れるし」

「ブランド物なんてあるの？」

「――とか、――とか」

彼女が挙げたのは、駅ビルに入っていて、ＯＬがよく使うブランドだった。東京にいた時はさとみも行っていた。

「――？　すごいじゃん」

半信半疑だったが、お宝市場に行くと衣服のコーナーがあり、山のように服が並んでいた。本当に――も――もある。

さとみも千円台のカットソーやセーターを買った。

その後、「お茶、飲んでいこうよ」と言われて、同じ国道沿いにあるマックに連れて行かれた。隣には「コメダ珈琲《コーヒー》」もあったけど、「あそこは高いから」と彼女は通り過ぎた。

彼女とマックで百円のコーヒーを飲みながら話をして、彼女と地元の情報をかなり仕入れることができた。

　亜美ちゃんは、ママと同じ美容院で時給八百円で月百五十時間以上働いて、そこから源泉徴収《げんせんちょうしゅう》されて（なんか、いろいろ引かれて、と彼女は言った）十万円ちょっとくらい稼《かせ》いでいるそうだ。軽はママに買ってもらい、維持費《いじひ》は出してもらってるけどぜんぜんお金が足りない、でも、周りの皆もほとんど同じだから別に気にならない、と言った。

「それ、確定申告したら、結構、戻ってくるんじゃない？」

　一応、そうアドバイスしてみたけど、「聞いたことないなあ」と言われて終わった。

「お休みの日にバーベキューとかするから、今度誘うよ」

「バーベキューなんて、しばらく行ってないな」

「お肉屋さんに勧めてる男がいて、そいつに肉を調達させるからさ、公園とかでバーベキューセット貸してくれるところもあるし。一人、千円くらいだよ」

　他にも、飲み物オール百円の居酒屋とか、一時間一人百円のカラオケボックスとかいろいろあるから、お金がなくても結構遊べるよ、と言われた。

「また、遊ぼうよ。他の子も呼ぶし」

　亜美ちゃんと帰りにＬＩＮＥのＩＤを交換して、道の駅まで送ってもらった。

　原チャリで一人、家に帰る時には少し薄暗くなっていた。自分の実家の近くの道を、夕日を浴びながら走っていると、何か、悲しさや焦りと共に、どうしてか気楽さも感じた。

　確かに、今日買った服みたいに、きっとお金を使わなくても楽しいこと、お得なことはこのあたりにたくさんあるのだろう。

　だって、皆、やっているんだから。生きているんだから。

亜美ちゃんと一緒に、安い服を買ったり、カラオケで歌ったりしているうちに、月日は流れていく、たぶん。そして自分はすぐに三十になり、四十になり、年寄りになっていく。

その頃には、東京の大手町で働いていたことも、男に騙されたことも、あの男が今頃、東京のタワーマンションで家族とのうのうと生きていることも忘れられるんだろうか。

そう思ったら、自然に涙が出てきて頰が冷たくなり、そして、風に飛ばされてこそばゆくなった。

家に帰ると、母がさとみを待ちかまえていたように言った。

「注文、入ったわよ」

「ええ！」

亜美ちゃんと会った、これから少し出かけてくる、と母には連絡を入れていた。高校の頃より真面目なくらいだ。

「なんの注文？」

「ほら、『お母さんのあったか小包』。シークレットで作ってくださいっていう注文が初めて入ったわよ」

母は少し笑っていた。

入った注文はたった一つだけど、自分の考えがやっとお金になったわけで、昔、就職して最初にアイデアが通った時くらい嬉しかった。

申し込みはホームページのフォームからで、相手は神奈川《かながわ》県横浜《よこはま》市の女性、ということくらいしかわからない。

お任せで三千円の「お母さんのあったか小包」一つ、ということだった。

送料は全国一律千円の宅配便のパックに詰めるのだから、二千円分の品物が必要だ。

まず、お米を二キロ、パックの底に入れてみた。紅はるかを五本、ビニール袋に入れる。それから、スーパーで買ってきた、かりんとうまんじゅうと水沢うどんを入れた。どちらも今一番人気のお土産ものだ。それだけで、箱はほとんどいっぱいになった。

「そういうのより、うちの野菜をもっと入れたらいいのに。米や野菜ならただだけど、お土産品を買ったらお金かかるでしょう」

横から母がずけずけと言う。「それじゃ、儲《もう》けがいくらも出ないよ」

水沢うどんを出し、家で採れたジャガイモと人参、ピーマンとなすを、入れられるだけ入れた。

「まあ、いいけど、普通のお野菜宅配便とそんなに変わらないわね。お母さんの小包っていう特色がない」

また、母が口を出す。意外と、うるさい。

「じゃあ、どうしたらいいのよ」

頭にきて、言い返した。

うーん、と母は首をひねり、寝室から紙袋を持ってきた。

「これ、一枚入れてみたら」

そこには、もらいもののタオルや手ぬぐいが、封をあけないまま、いっぱいに入っていた。

「こういうもの、あんまり入れると、向こうの趣味に合わなければ場所塞《ふさ》ぎになるけど、ちょこっとなら、笑い話になる」

「そうかなあ」

迷いながら、一枚だけ、農協から年末にもらった、ぐんまちゃんがプリントされた手ぬぐいを広げて野菜にかぶせた。クッション材代わりにもなりそうだった。

母が机に向かって何やら書いている。のぞきこむと、一筆箋《いっぴつせん》に几帳面《きちょうめん》な字が並んでいた。見慣れた字だった。子供の頃から、連絡帳や手紙を書いてくれた、母の字だ。

――サツマイモは少しベランダなどで干していただくと甘みが増します。手ぬぐいは雑巾《ぞうきん》にでも使ってください。

「そんな手紙入れるの？」

「宅配便には必ず入れてるわよ。それに手ぬぐいのことも書いておかなくちゃ」

「大丈夫かなあ」

「これだけたくさん農産物が入っていれば、元が取れていることは一目瞭然《いちもくりょうぜん》だから大丈夫」

いざ、出荷する時になると、母の方が堂々としていた。

「これ、いらない野菜を消費するのに、意外といい考えかもしれないわね。何入れたっていいんだから」

そう言ってくれたのも認めてくれたようで嬉しかった。

発送は、さとみが近くのサービスセンターまで持っていった。

「お母さんのあったか小包」は普通に向こうに届き、普通に受け入れられたようだ。

ようだ、というのは、特になんの連絡もクレームもなかったからだ。

「じゃあ、別に大丈夫でしょ」

不安を訴えるさとみに母は言い切った。

「でも、一応、投稿《とうこう》フォームとかあるんだから、良ければ一言、何かあるんじゃない？　ありがとうございました！　とか、またお願いします！　とか」

「普通の人はそんなこと、書かないものよ。返事をくれるのは、よっぽど気に入ったか、よっぽど暇《ひま》な人」

さすがに通販の経験者は違う。

しかし、それから数日後、さとみは母に叩き起こされることになった。

「さとみ！　ちょっと、これ、見なさいよ！」

「勝手に、部屋に入ってこないでよ！」

言い返しながら、逆に恥ずかしくなった。中高生の頃、いったい何度、この争いをしただろう。怒鳴るのをやめて母が差し出したスマホを見ると、そこにはツイッターの画面があった。

「え、お母さん、ツイッターなんてやってるの？」

「そりゃ、通販してたら、評判が気になるじゃない？　メルカリでの販売を始めた頃からやってみた。初めはロム専だったけど、今じゃ、全国の農家さんとつながってる。もちろん、ご近所さんとかには一切知らせてないけど、すごい情報交換になるのよ」

アカウント名は「群馬のありんこ」。すでに千人以上のフォロワーがいる。母が国の農業政策に対して、いっぱしの意見を書き込んでいるのを見てびっくりしてしまった。

「ちょっと！　私のツイートはどうでもいいのよ。このツイート読んで」

母が指さしたところを見ると、きれいな花のアイコンの主だった。

――ネットサーフィン（死語ですねｗ）してたら、お母さんの小包お作りします、っていう不思議なＨＰを見つけて、ものは試しと頼んでみました。そしたら、無農薬の米、サツマイモ、ジヤガイモ、野菜、お菓子《かし》がぎっしり入っていてびっくり！

――極めつきは、ぐんまちゃんの絵柄のついた手ぬぐいが入っていたことw　かわいい。これで送料込み三千円は安いよね。

――本当に、母が送ってくれた小包みたいな、びっくり箱感がある。

さとみたちが作った小包の写真が貼ってあった。

思わず、はあっとため息が出た。

「ね、大丈夫だったでしょ」

母は笑った。

「よかった、本当によかった……」

声が詰まった。母がパジャマの背中をばん、と叩いた。

「あんた、何よ、泣いてるの？」

「いや、あんなの送ってきて何よ、って思われてたら、と思って。だって、結構シビアだよ、こういう世界……」

「さあ、顔を洗って、ご飯にしましょ」

それから、少しずつ、注文が増えてきた。

お母さん小包は相変わらず、月に一回出るか出ないかだが、それ以外の芋や米の、ホームページの売り上げも増えてきた。やはりちゃんとした、購入用のフォームがある方が購入しやすいようだ。

また、一度は「お母さん小包お作りします」のＨＰを、インフルエンサーの男性が「おもしろい」と取り上げてくれて、アクセス数が急に上がった時もあった。それでまた、注文が少し増えた。

その間、亜美ちゃんの友達グループの、河原《かわら》のバーベキューにも参加した。イオンの駐車場で待ち合わせして、大きなボックスカーに皆で乗って河原まで行った。本当に食材千円、ガソリン代数百円で、一日遊べた。きっとヤンキーばかりだろうと予想していたメンバーの中には、地元の中学の先生をしている男性なんかもいて、さとみもそう浮くことがなかった。

会費は、小包の売り上げから出した。お小遣《こづか》い程度だけど、自分で働いたお金だ。お世辞《せじ》や諦めでなく、結構、楽しい、とさとみも思った。

地元に帰ったら、灰色の毎日が待っているのだろう、自分とは話が合う人なんて一人もいないのだろうと思っていたけど、そんなことはなかった。彼らのジョークに自然に笑っている自分がいた。

けれど、皆でいて思ったのは、彼らの強く固い結束力だった。このコミュニティーの中にいれば、収入が多少少なくても、実家住まいでも、ぬくぬくと生きていける。だけど、一度、ここからはじかれてしまったら、生きていく場所はないかもしれないとも思った。

首筋がすうっと寒くなる。だけどそれは、日が落ちてきたからだ、三時を過ぎればすぐに冷えてくるからだと自分に言い聞かせた。

今はただ、焼いたばかりの肉が置いてある皿を片手に持ったまま、皆の話に笑っていようと心に決めた。

「ありんこ農場」の代表番号として記入してある家の電話が鳴ったのは、夕方のことだった。さとみと母がちょうど倉庫から戻ってきた時で、母がすぐに電話を取った。家電に出るのはほぼ母だ。相手はご近所か親戚で、さとみが出ても意味がない。通販のお客が、電話で問い合わせしてくることはほぼないからだ。

「え？　ＮＨＫの？　前橋《まえばし》支局？　はい……ありんこ農場はこちらですが……ええ、え？　うちの『お母さんのあったか小包』ですか？　はい。やってますけど。え、ええ……まあ、週に一回か二回くらいですかねえ」

洗面所で手を洗っていたさとみは慌《あわ》てて手を拭いて戻る。

電話台の前で背中を丸めている母の肩を、指先でつんつんと突く。振り返った母に「誰？」と唇だけで聞いた。

母はさとみに目配せして、電話口を手で押さえ、「ＮＨＫだって」と小声で言って、またすぐ電話に戻った。

「え。取材ですか⁉」

母の声に、今度は肩を引っ張って、自分も受話器に耳を寄せた。

「朝の『ほっとぐんま』で『お母さんの小包』を取り上げたいんです。もしかしたら、全国放送の『おはよう日本』でも放送されるかもしれません」

中年男性の太い声だった。

「さしつかえなければ、一度、お宅にうかがわせていただいて、お話をきかせていただけないでしょうか。できたら、農作業の様子や『お母さんのあったか小包』を作っている様子もカメラで撮《と》らせていただきたいんですけど」

母とさとみは顔を見合わせた。

さとみがうなずく。

「あの、いいですけど、あの、そんなに取材していただくような、たいしたことじゃないんですよ。うちで採れたお米とか野菜とかを詰めて送るだけのことですから」

さとみは思わず、母の横腹を指先で強めに突く。母は身体を折り曲げて、それをよけた。けれど、それ以上、強く拒否《きょひ》はしなかった。顔が笑っていた。

「いえいえ、それが温かい小包を作っている証拠ですよ。こちらとしても、『田舎《いなか》では普通のことでも都会では大きな価値を生む』というような視点で取材したいんです」

「まあ、そんな」

「そう堅苦《かたくる》しく考えず、お気軽に、一度、お話を聞かせていただけませんでしょうか。とりあえず、来週はいかがでしょう……」


次の週の平日の昼間、本当に前橋局の人が来た。

来訪したのは、ディレクターの中年男性、さとみも何度かニュースで顔を見たことがあるレポーターの女性、そしてカメラマンの三人だった。意外に少ないのだな、とさとみは思った。

まず、居間に通して、さとみ、母、父、祖母からレポーターが話を聞き、その様子をカメラで撮った。父や祖母はほとんど話をしなかったが、レポーターは何度も祖母に声をかけた。

「お祖母ちゃんも、『お母さん小包』を作っているんですか？」

祖母はきょとんとして首を傾《かし》げたが、母に「お祖母ちゃんも一緒に働いているのか、って」とうながされると、「畑をやってます」と案外、しっかりした口調で答えた。

「どのような方がお客さんなんでしょうか」

その問いにはさとみが答えた。

「あまり用途をお聞きすることはないんですが……まあ、一種のネタというか、ツイッターで少しバズったりもしたので、面白半分に頼んでみようか、というような感じの人が多いですね」

するとレポーターの彼女がちょっと眉をひそめ、ディレクターの方を見た。答えが、彼女やディレクターの意にそわなかったのかもしれない。

「あの、ツイッターというのは企業名なのでちょっと……SNSでお願いできますか」

「あ、NHKですもんね」

自分も一応はテレビ関係の仕事をしたこともあるのに何やってるんだ、と恥ずかしくなった。もう少し、相手の意にそうような話ができなければ、取り上げられなくなってしまうと思って少し焦った。

「どのような方が購入されるんでしょう？」

彼女がもう一度同じことを聞いた。

「やっぱりSNSを見て、どんなものが送られてくるのか見てみたいという方もいますし、田舎や故郷の温かみのようなものを体験したいという方、昔は自分で小包を作って子供に送っていたけれど年齢的にそれがきつくなってきたので代わりに送って欲しいという方、また、本当の母親とは疎遠になってしまっているけど、それを夫や婚約者に言えなくて、この『お母さんのあったか小包』を頼まれている人もいます」

最後の話は母からちらっと聞いただけで、今のHPになったあと、購入者から直接聞いたわけではないのだが、テレビの人が喜びそうな気がして言ってみた。

案の定、彼女は満足そうに大きくうなずいて、「家族が希薄な時代ですもんね」と言った。

「はい。家族関係が希薄な時代だからこそ、こういうサービスが受け入れられるのかもしれません」

思わずつられて、彼女の言葉をそのまま口移しのように話してしまった。

その後、畑での作業を撮ったあと、倉庫に場所を移し、さとみと母と祖母が「お母さん小包」を荷造りしている様子を写した。

しかし、さとみは、カメラマンが母や祖母ばかりを撮っている、と途中で気が付いた。

通販全体はともかく、「お母さんのあったか小包」の主な作業は私がやっているのに……と不満もあったが、「お母さん」の名称がある以上、しかたがないとは思った。


実際に、次の週、取材内容はちゃんとニュースの一コーナーになった。

最初は「ほっとぐんま」で、次に「おはよう日本」で。ほぼ同じ内容が二回流れた。

「あなたは最近、お母さんからの小包を受け取りましたか？　次は『お母さんからの小包』をめぐる、こんな変わったサービスの話題です」

スタジオでこの間、家に来たレポーターの女性が言って、ＶＴＲが始まった。

「まあ、こんなもんだよねぇ」

それが終わると、母はつぶやいて、テレビの前から席を立ち、台所に行った。

あんなにたくさん撮ったのに放送されたのは数分で、ほぼ、居間での家族団欒《だんらん》シーンと倉庫での作業シーンだけだった。母や祖母が話したり作業したりする場面にかぶせて、レポーターの女性のナレーションで業務内容が説明された。さとみは少ししか映らなかった。

ただ、さとみが「本当の母親とは疎遠になってしまっているけど、それを夫や婚約者に言えなくて、代わりにここの『お母さん小包』を頼まれている人もいます」「家族関係が希薄な時代だからこそ、こういうサービスが受け入れられるのかもしれません」と言ったところがＶＴＲの締めに使われていた。

「語るねえ」

朝食を食べながらテレビを観ていた弟の隆がぽつんと言った。

「どういう意味よ」

「別に」

彼はさっさと食卓を立った。

「まあまあ、だったよね？」

さとみは母の後について台所に行き、洗い物を始めた彼女の隣に立って尋ねた。

母は何も答えなかった。

「ちゃんと通販のことも言ってくれたし、ＨＰのトップページも映してくれたしさ。きっと申し込みも増えるんじゃないかな」

「そりゃあ、売り上げは増えるでしょ、多少は」

母がどこか、投げやりに言った。

「何よ、なんか、文句あるの？」

母はコックをひねり、水圧を上げた。水音を高くあげる。

「どうしたの？　なんか、言いたいこと、あるの？」

「……あんなふうに言って良かったのかね」

「あんなふうって？」

「家族とうまくいかなくて小包を頼んでくる人なんて、一人か二人なのに、なんか、あれじゃ、ここに頼んでくる人、ほとんどがそんな感じって思われたんじゃない？　お客さんに迷惑かからなければいいけど」

「そんな……だったら、あの時、そう言ってよ」

「だって、使われると思わなかったもの」

「でも、あんなニュース、皆、じっくり観ないよ。朝のニュースなんて、聞き流されるでしょう」

「どうかね」

それから、親戚や近所の人から「観たよ」と連絡がじゃんじゃん入った。母がほとんど対応した。

「まあ、ちょっと取材させてくれって、連絡があってねえ。ちょっと撮ってもらっただけなんですよ、いえいえ、恥ずかしいわ」

皆に同じように答えているのを何度も聞いた。

ホームページへの反響もすごくて、それまで週に一、二件、入るか入らないかだった「お母さんのあったか小包」の注文が一度に数百件入って、とても対応できなくなった。すぐに受注を止めたけど、ほとんどの人には発送を待ってもらうよう、メールを書かなくてはならなかった。その時点で「じゃあ、いらないです」と断ってきた人も多かった。

そういった対応が落ち着くまで、数週間かかった。

中には、家に直接電話をしてきて文句を言う人もいた。一番怖かったのは、家まで車で訪ねてきた中年男性がいたことだった。薄茶色のジャンパーを着た、六十代くらいの人だった。

にやにや笑いながら勝手に庭の中まで入ってきて、家の引き戸を開け「お母さんの小包を売って欲しい」と言った。田舎のことなので、昼間はドアを開けっぱなしにしていたところをやられた。

「今、注文が殺到《さっとう》していて、皆さんにお断りしていて」と言うと、では「お嬢《じょう》さんとお母さんと、写真を一緒に撮りましょう」と玄関口に座って帰らない。

ものごしは柔らかいし、人なつっこいのだけど、どこか図々しくて、気味が悪かった。

幸い、家にいた父が玄関まで出てきて、「じゃあ、私と写真を撮りましょうか」と言ってくれた。すると、男は急にへどもどして、庭先で父と写真を撮ると逃げるように帰ってしまった。こんなに父を頼もしく思ったことはなかった。

通販のHPなので、こちらの住所を書かないわけにはいかない。この経験は、改めて世間の怖さを知らしめてくれた。

そして、一番応えたのは、取材を受ける前にHPから「お母さんのあったか小包」を注文したと言う女性からのメールだった。件名はなかった。

——おたくで「お母さんのあったか小包」を頼んだものです。ニュースを見て、びっくりしました。あんなふうにどうどうと「母親とうまくいってなくて家族を騙すために頼む人がいる」と言われて、本当にそうしてた人がどうなると思いますか？　私は夫に知れて、「君の親から来た小包、群馬からだったけど、これじゃないんだろうな」と問い詰められました。なんとかごまかしましたけど、夫はそれからずっと疑っていて、私の親に会わせろと言います。あなたたちがやったのは、個人情報の漏洩《ろうえい》じゃないですか？　もしも、離婚になったら訴えさせていただくので、覚悟してください。

名前はなく、メールアドレスもこれまで注文があったものではなかったので、いったい、誰が送ってきたものかもわからなかった。

「お母さん、ねえ、お母さん」

深夜、そのメールを受けたさとみは印刷して、階下の母に見せに行った。

ちゃぶ台の上で、帳簿《ちょうぼ》を付けていた母はすぐに読んだ。

「……こんなの、本当のことかわからないし」

声が震えてしまった。

「でも、こういうことがあっても不思議じゃないよ」

母も顔色が白くなっていたが、どこか落ち着いていた。

「どうしよう……」

「それなりの責任を取るしかない。本当に訴えられたら、私たちができるだけのことをするしかない」

「そんな……」

母は顔を上げた。

「私たち、ちょっといい気になっていたのかもしれないね」

「いい気になるって、まだ、事業も始まったばかりなのに」

母はしばらくだまっていたが、さとみの肩をさするようにした。

「……さとみ、本当にずっとこっちにいるの？」

「え」

「さとみが頑張ってくれてるのはわかるよ？　だけど、本当にずっとこっちにいていいの？　東京に戻らなくていいの？」

「なんで、そんなこと聞くの？　私、ここにいちゃ邪魔《じゃま》？」

「そうじゃないよ。もちろん、ここにいて欲しいさ。お祖母ちゃんのこととかも一緒に世話してくれて、本当に助かってるよ。好きなだけいていいさ。だけど、ここにいて、さとみは幸せ？本当に満足してる？」

　さとみは答えられなかった。

「こっちでやってること、無理してるでしょ。うちのあまったものの通販なんて、私が農作業の合間にやるくらいの規模の仕事だよ。さとみが一緒にやってくれるほどのことじゃないよ。わかってるでしょ？　さとみ、こっちで一旗揚《あ》げないと、こっちになじまないとって、無理してない？　こっちにいて、何もしなくても、さとみは娘さ。好きなようにしてていい。だけど、無理が見えるのは、つらいよ、親として」

「東京にいて欲しいの？」

「そういうわけじゃないよ。だけど、ここにいることで、キャパ以上に頑張っている娘を見るのもつらい。のんびりして、少し元気になったら、東京でまた仕事を探すことも考えたら」

　さとみが黙っていると、母は自分のスマホを見せながら話した。

「最初に、私が『お母さんの小包として頼んでくれている人がいる』って言ったでしょ？　その人も同じ事情があったから連絡してみた。何か、ご迷惑かけてないですか、って」

　母のＬＩＮＥのやりとりがちらりと見えた。

「だけど、大丈夫ですって。私と一度話し合ってから、ちゃんと婚約者に先に伝えていたんだって。彼はわかってくれたから、ぜんぜん大丈夫、応援《おうえん》してますって言ってくれた。『お母さんのあったか小包』はそのくらいの仕事なの。ＬＩＮＥとか、メルカリとかで直接やりとりできるくらいの相手に送るだけの」

「そうなのかなあ」

「ＬＩＮＥやメルカリなら、住所もオープンにしなくて、こちらのできる範囲でやれるし……これ、さとみの言うような『事業』にするなら、もっとちゃんとやらないといけないんだと思う。私にもそこまでの覚悟がなかったのかもしれない。ごめんね」

「ううん、こちらこそ、ごめん」

そうなんだ、仮にも「お母さんのあったか小包」なのだ。そんな真心《まごころ》が、量産できるわけはなかったのだ。

「でも、お母さん、大丈夫？」

「何が」

「こんなこと、テレビで放送までされちゃって、近所や親戚の人になんか言われない？　あんな商売始めたのに、すぐにやめて尻尾《しっぽ》巻いて逃げた、とか」

彼らがどんな噂をするか、容易に想像できる。

「かまわない。そんな噂なら、あんたが帰ってきた時に十分されてる」

「そりゃそうだよね」

思わず、二人で声を合わせて笑ってしまった。笑いながらさとみは考えた。

本当に、実家の農産物の通販がやりたかったのか。それとも、元「恋人」に、東京に、同僚に、友人に、見せつけたかったのじゃないか、と。

自分が地方でも、実家でも「できる人間」だということを。

「お母さん、本当にごめん」

　自分の居場所は、自分で探さなければならない。


　それからさとみは群馬から、東京の仕事を探した。

　家の仕事を手伝いながら、週に何度かスーツを着て上京して、大手町の証券《しょうけん》会社に就職が決まった。就職活動をしながら、時々、あの男の言葉を思い出した。

「君のスキルならどんな会社にも行けるだろう」

　あんなことのあった男なのに、それはさとみの自信となって背中を押してくれた。最低の経験でも無駄にならないのだ。

　また、面接の時に雑談で「お母さんのあったか小包」のことを話したら、ニュースを観てくれた人がいて話が弾《はず》んだ。

　前に住んでいた錦糸町の大家さんに連絡したら、同じ部屋がまだ空いたままだと言われた。不動産屋に連絡してまたそこに入ることになった。毎月きちんと家賃を払い、部屋をきれいに使っていたさとみが戻ることを大家さんは喜んでくれて、敷金も礼金もゼロにしてくれた。東京にはもう自分の信用はないと思っていたけれど、そんなことはなかった。

「じゃあ、行ってくるよ」

　同じスーツケースを引っ張って、実家を一人で出た。

　タクシーに乗り込んで、実家を振り返る。早朝なので見送ってくれたのは母一人だ。ずっと手を振っていた。

　次はすぐに帰ってくるつもりだった。前のように三年に一度でなく、ちょくちょく帰ってきて、祖母や両親の顔を見よう。

そう思えるようになっただけでも、少しは前進だと思った。

「あのさ、今度私にも小包送ってよ！」

最後にそう頼んだ時の母の笑顔は、いつまでも心に残った。

第五話　北の国から

父、慎也《しんや》の四十九日も無事終わり、内藤拓也《ないとうたくや》は東京に戻る前に実家の居間を見回した。

新幹線の時間までまだ一時間近くある。タクシーはもう呼んであって二十分後に来ることになっていた。同僚《どうりょう》たちはなんのために帰郷《ききょう》しているのかよく知っているから広島《ひろしま》駅で土産物《みやげもの》を買う必要もないし、駅地下のお好み焼きはもう食べ飽きた。予約した新幹線の時間を数十分早めたところで、東京まで四時間。いずれにしても、自宅である会社の寮《りょう》に戻れるのは夜になってしまう。今日できることは何もないだろう。家で適当に時間を調節するのが一番いい。

帰省《きせい》することはしばらくないと思いながら、処分するか、このままにするか、早く決心しなければいけないとも考えている。そして、決心したらなんらかの処置をしなければならないのだから、本当は来なくちゃいけないんだろうな、と少し憂鬱《ゆううつ》になる。

自分がこの家に住むことは絶対ない。すでに仕事も生活拠点も東京にある。

広島駅から車で二十分ほどの郊外の一軒家《いっけんや》。国道の近くでもあるし、売ったり貸したりすることはすぐにできるはずだった。しかし、そのためには、両親のものや、自分の子供の頃のものを処分しなければならない。

つい、大きなため息が出てしまった。

二ヶ月近く前、仕事中に父の職場の人から「お父さんが倒れた」という一報が入り、新幹線で駆《か》けつけた時は父はすでに事切れていた。脳内出血《のうないしゅっけつ》だった。

父の職場の人に手伝ってもらいながら葬式《そうしき》を出し、一度東京に戻り、その後は週末ごとに帰ってさまざまな手続きや後始末をした。それも今日、駅前ホテルでの四十九日の法要でほぼ終わった。遺骨は母が死んだ時買った墓《はか》に、折《おり》を見て入れることになっていた。

父はその時代にはめずらしい一人っ子だったと聞いていた。拓也の祖父母にあたる父の両親は離婚していて、父親はその父に育てられた。祖父も父が二十代の頃に亡くなって、一人で大阪《おおさか》に出た。そして、職場で知り合った、名古屋《なごや》出身の母、尚美《なおみ》と結婚した。

その後、広島に転勤となり、二人ともこの地が気に入って、数年後大阪に戻る辞令が出るのを機に退職し、広島の会社に再就職した。母は十年ほど前、四十代後半で亡くなって、名古屋の親戚との関係もほぼ途絶えていた。拓也は年賀状一枚、出したことがない。

拓也の年格好を見て、父の職場や近所の人は過剰《かじょう》に心配し、最後までさまざまに手を貸してくれた。拓也は実年齢より幼く見えるようで、今も時々高校生に間違えられるほどだからある程度は仕方がないかもしれない。けれど、二言目には「こんなお子さんを残して、慎也さんは心残りでしょうねえ」と父の友人や同僚たちに泣かれるのには閉口した。

自分はもう二十四だ。十八で上京してコンピュータープログラマーの専門学校を出たあと、好景気のおかげで一部上場企業の子会社に就職し、今はその会社の寮に住んでいる、立派な社会人だ。自分の面倒は、自分でみられる。父は五十九で、確かに亡くなるには少し早かったかもしれないが、小学生の子供を残して死んだ人みたいに嘆《なげ》かれるのは少し違う、と拓也は思う。

しかし、こうして、新幹線までの時間を実家でつぶしているとふっと頭をもたげてくることがある。

ついに、自分は天涯《てんがい》孤独《こどく》の身の上になったのだ。

もちろん、細かく言えば名古屋には母の姉がいて葬式にも来てくれたけれど、四十九日には案内状を出したが姿はなかった。その子供である従兄弟《いとこ》たちは東京や名古屋に住んでいるはずだが、会ったことはない。

しかし昨今、家族や親族というのは自分の親と兄弟くらいじゃないだろうか。なぜなら拓也の仕事が立ち行かなくなって失業したり、病気になったりしても従兄弟が金銭面を含め面倒をみてくれることはないだろうし、こっちだってそんなことはとてもできないのだから。

もうざっくり言って、天涯孤独ということでいいんじゃないかな、と思う。

そりゃあ、父だっていきなりこの世に現れたわけはないし、どこかにその母はいるわけだけれど。

それを考えた時、ちょっとどきっとした。

父と生き別れた祖母がどこにいるのか、今も生きているのか、ほとんど考えたこともなかった。父の職場の人に「お父さんの親戚に知らせなくていいんだよね？」と尋ねられた時、その質問はただの確認だとすぐにわかった。「はい」と短く答えて、彼らもそれ以上は聞いてこなかった。たぶん、父の事情は知っていたのだろう。

拓也が東京に移ってからは、自分より職場や近所の人の方がずっと近しかったはずだ。ここには数年に一度しか帰ってこなかったし、帰ってきたところで、母のいない家で男親と息子《むすこ》が話すことはほとんどなかった。

しかし、落ち着いて考えてみれば、父は来年定年だった。その母なら二十の歳《とし》を足して七十九歳くらいか。まだ生きていても不思議ではない。昔の時代の人ならもっと早く子を産んでいた可能性もあり、七十九より若いかもしれない。

これまで「お父さんのお母さん、どこにいるの？」と聞いたこともなかった。

母方の親戚とも疎遠《そえん》で、名古屋に行ったことも数回だった。同級生に祖父母と同居している友人もいたから、「お祖父《じい》ちゃんやお祖母《ばあ》ちゃんっていいなあ」と思ったこともあった。

やっぱり、両親のアドレス帳みたいなものがあったら持って帰ろうと思った。もしかしたら、いや、たぶん、しばらく帰って来られないはずだし、東京で必要になるかもしれない。

慌《あわ》てて、家の中を漁《あさ》った。

知らせを受けて病院に駆けつけ父と対面したあと、夜遅く、呆然《ぼうぜん》とした状態で家に戻ってきた時のことをありありと思い出した。ありがたいことに、父は持ち物が少ない方で母が亡くなってからも家の中はすっきりしていた。朝食の皿がそのまま流しに置いてあったのには胸を突《つ》かれた。食パンをトーストして食べたのか、白い皿には細かい茶色の粉がついていて、隣に白い筋のついたグラスが並んでいた。トーストと牛乳、男一人の朝食ならまあ合格点というところだろう。

残された食器を洗いながら少し泣いたな、と拓也は思い出しながら、電話台の下の引き出しを開けた。思った通り、エンジ色の上に金字で「ＡＤＤＲＥＳＳ ＢＯＯＫ」と書かれたノートが出てきた。

取り出してぱらぱらとめくり、自分のバッグの中に突っ込《こ》んだ。

ふと、その下に宅配便の伝票が重ねて置いてあるのに気づいた。

全部、すでに使用済みの伝票だ。家に来た宅配便に貼ってあったものを剝《は》がしてそのまま取っておいたもののように見えた。こちらも手にとって、すぐに気が付いた。

すべて同じ人から送られたものだった。

「北海道《ほっかいどう》……羅臼《らうす》？」

美しい女性の文字で、大きさもきれいにそろっていた。

「槇恵子《まきけいこ》……」

聞いたことのない名前だった。しかし、品物のところを見て、ぴんときた。昆布《こんぶ》、としっかりした字で書いてあったのだ。

「あの昆布か」

その時、外からプー、プー、という自動車のクラクションが鳴ってはっと気づいた。タクシーを呼んでいる時間をすっかり忘れていた。拓也は慌てて、その伝票もまとめてバッグに詰め、家を出た。


新幹線の中で、拓也はもう一度落ち着いて、アドレス帳を取り出した。

母の十年前の文字と、父の字が混じっているが、ほとんどは母の字だ。拓也は思わず、ちょっと微笑《ほほえ》んでしまった。

母の字……母はいわゆる丸文字の人で、かわいらしい丸っこい字を書いた。

拓也が学校に上がる頃になると「こんな字じゃ恥《は》ずかしいわねえ」と言いながら、いつも連絡帳やプリントを書いた。でも、それは口だけで決して直すことはなかった。父や拓也がからかうと、「子供の頃、一生懸命練習したから、もったいないのよ」と言った。母の世代ではそれがとても流行《はや》っていたらしい。

父の字はほんの少しだったが、インクの色を見る限りここ数年で書かれたもののようだった。父も悪筆でのたくったような字を書く。だから、母にもそう強く、「丸文字を直せ」とは言わなかったのかもしれない。

二人が書いているのはほとんどがご近所や拓也の同級生の親の住所電話番号、そして、葬式にも来てくれた父の会社関係、母のパート関係、そして、名古屋の親戚……そのくらいだった。

一緒に持ってきた伝票ももう一度見てみた。伝票はちょうど十枚、全部母が死んでからのものだと日付からすぐにわかった。

羅臼の槇恵子、そして、昆布。拓也でさえも少し覚えがあった。それは毎年、送られてくる馴《な》染《じ》み深いものだった。しかし、送り主の名前はアドレス帳にはなかった。

お歳暮《せいぼ》の季節、細長い段ボール箱にぎっしり黒い昆布が入ってくる。母はそれをおせち料理に使ったり、ご近所にくばったりしていた。

毎年送ってくれるということはよっぽどの知り合いか親戚なのかと、改めて考えた。今まで、昆布というものは年末になると送ってくるもの、と思っていたのだ。なのに、なぜ、アドレス帳に名前がないのか。

もしかして、槇さんとは業者なのか。母が注文して買っていたのかもしれない。お店の人の名前なら書いてなくても仕方がない。けれど、しばらく考えて頭を振った。

たぶん、それはないだろう。

母は決して料理が得意でも熱心でもなかった。普段の味噌汁《みそしる》にはだしの素《もと》を使っていた覚えがある。この昆布だって、少しもてあまして、近所や父の会社の人に配っていたのだ。

槇という名字に覚えはなかった。生前、この人の話を聞いたこともなかった。

そんなことを考えながら、いつの間にか眠ってしまい、東京駅に着くまで目覚めなかった。

東京駅から丸《まる》ノ内《うち》線に乗ったところで、恋人の奈瑞菜《なずな》からメッセージがきているのに気が付いた。

——いつ東京に帰ってくるの？

——もう着いたよ。今、丸ノ内線の中。

奈瑞菜はＬＩＮＥを使わない。もちろん、スマホにアプリを入れてはあるのだが、ほとんど使わない。いつもショートメールで連絡がくる。

会社の同僚の同級生を中心とした飲み会で知り合って初めて連絡先を交換する時、ＬＩＮＥあるでしょ、交換しようよ、と言うと、「あるけど、あんまり使わないんだ」と鼻の上に筋を作った。

「どうして？」

「バイト先にやたらＬＩＮＥで仕事の連絡をしたがる人がいるからアプリは入れてあるけど」

答えになってない、と思った。

「だから、なんで使わないの」

「なんでも」

面倒くさい子だと思った。

結局、電話番号を交換して、それからはショートメールで連絡を取ることになった。付き合うようになってから何度かその理由を尋ねたけれど、未《いま》だに納得のいく答えを受け取っていない。

たぶん、最初に思った通り、少し面倒くさい女なんだと思う。

奈瑞菜の面倒くさいところは他にもいくつかあって、飲食店で出てくる氷入りの水は飲まない（でも、お茶や氷なしなら飲む）とか、シネコンで映画を観ないとか、占いは信じない、とかほとんど理由もないこだわりがあった。けれど、そのいくつかをクリアすれば、あとはわりに普通の女の子なのだ。

拓也たちの収入では封切り映画に行くことはほとんどないし、ネトフリやアマプラで観るのもアニメばかりで、フランス映画やアジア映画を観るわけではないから大きな影響もない。水や占いは、拓也にとってどうでもよかった。

奈瑞菜は下北沢《しもきたざわ》の駅から徒歩四分のぼろぼろの安アパートに住んでいて、古着屋とカフェバーのアルバイトを掛け持ちしている。今日は夜のカフェバーは休みのはずだ。

――家に行っていい？

――もちろん。

奈瑞菜が来てくれると思ったら、急に元気になってきた。

拓也の会社の寮というのは、「寮」とは名ばかりで、板橋《いたばし》の小ぶりのワンルームマンション一棟を会社が借り上げて、月三万の家賃で貸し出してくれている。六畳《じょう》一間にユニットバスという造りだけど、南向きのベランダとクローゼットが付いていること、テレビと冷蔵庫などの電化製品が付いているのがありがたかった。

拓也が帰宅してしばらくすると、奈瑞菜がやってきた。

「ういーっす」と言いながら入ってきて、目も合わさない。

彼女は照れているのだ。広島から恋人が帰ってきて、そこに三十分間電車に乗って駆けつける自分自身に。

しかし、拓也も彼女に会いたかった。

ここのところ、父の葬儀の関係の帰郷が続き、メールのやり取りのみで、実際に顔を合わせるのは二週間ぶりだ。

「ご飯、食べた？」

「まだ」

「そうだと思った」

彼女はマイバッグを下げていて、そこから食料品を出した。レジ袋をもらわない、というのも、彼女のこだわりの一つだった。

パスタを茹《ゆ》でて、ツナ缶としめじの和風パスタを作ってくれた。

小さな折りたたみのテーブルを出して、食べた。奈瑞菜は缶チューハイも買ってきてくれたので、それを二人で分けて飲む。

「おいしいなあ」

思わず、声が出た。

広島ではホテルで法事をやったけど、出てきたのは冷たい松花堂《しょうかどう》弁当だった。塗《ぬ》りの器《うつわ》ばかりが立派で、喪服を着て知らない人ばかりに囲まれて食べるそれはなんの味もしなかった。

「ただ、醬油《しょうゆ》とバター入れただけだよ」

奈瑞菜はぶっきらぼうに言った。

おいしいと言ったのは本心だった。しみじみ疲れが取れるような食事だったけれど、それをどう彼女に伝えていいのかわからなかった。

「どうだった？　四十九日」

彼女がぽつりと尋ねる。

「いろいろ、大変だったなあ」

「次はいつ、広島に行くの？」

「たぶん、年末までに一度は戻らなくちゃと思うけど……何していいのかもわからないし」

電気と水道、ガスは止めたら、と誰かに助言されたけど、また泊まることもあるかも、と思ってそのままにしていた。

「実家の片付けも、どこから手をつけていいのかもわからないし」

「誰か、親戚とかはいないんだっけ」

「うん」

奈瑞菜には一通りの事情は話してあった。

けれど、付き合って三ヶ月の恋人に「父の葬式に一緒に来て」とは言えない。向こうもそのつもりはなさそうだった。

「片付けて売るしかないんだけど」

「そうなんだ」

「最近、その辺りに小中一貫の特別学校が出来て、売るにしても、貸すにしても結構、いい値段になるんじゃないかって会社の人には言われたんだけど。あ、お父さんの会社の人ね」

「うん」

「でも、まだ、どうしたらいいのかわからなくて」

「……しばらく、ゆっくりしたら」

奈瑞菜は自然に拓也の食器も持って小さなキッチンに立ち、洗ってくれた。

「あ、ごめん」

「今日は疲れているんでしょう」

食事が終わるとテレビを付けて、二人で拓也のシングルベッドに寄りかかってぼんやり観た。

「なんだか、一人になったんだなあと思ったんだ」

テレビの中では、どこかのラーメン屋に密着取材をしていた。彼の生い立ちを写真入りで説明し、人生論を語らせていた。

その中の家族写真を観て、思わず、そんな言葉が口をついた。

「両親いなくなったし、親戚ともほとんど付き合いないし」

「そうなんだ」

「こういうの、天涯孤独って言うんじゃないかと思って」

「いいじゃん」

奈瑞菜が少し楽しそうに言った。

「天涯孤独、ちょっと憧《あこが》れる」

「そう？」

「自分は兄弟四人だからさ……大家族って言うほどじゃないけど、結構多くて、家族仲はいいけど、ウザいこともあるし」

拓也は、奈瑞菜のようなちょっと面倒な人間が他に三人いる風景を思い浮かべた。彼女は千葉《ちば》の稲毛《いなげ》に実家があると聞いていた。

「あ、ごめん」

拓也が黙《だま》っているのを勘違いしたのか、奈瑞菜が謝った。

「憧れるとか、ごめん」

「ううん、いいの、そんなことないから……ただ思い出したんだけどさ」

「うん」

奈瑞菜は今度はただ簡単に相槌《あいづち》を打っただけだった。彼女は女性にしては無口な方だと思う。

でも、よく話を聞いてくれるから話しやすい。

「お父さんから、お祖母ちゃんの話を聞いたことがなくてさ」

「へえ」

父の生い立ちを手短に説明する。

「今、近親で生きている可能性があるのって、その人くらいなはずなんだけど」

「名古屋の伯母《おば》さんは？」

葬式で挨拶《あいさつ》しただけの、そっけない女性を思い浮かべた。

「あの感じだと、今後、付き合いを続けられるとは思えなかった。従兄弟たちも東京にいるようなことを言ってたけど、どこに住んでるとかは教えてくれなかったし」

「ふーん。じゃあ、やっぱり、そのお祖母さんだけなのか」

「そうだと思うんだ。まだ生きてたら、だけど」

「会いたい？」

拓也はちょっと考えた。

「どうだろうなあ。よくわからない。向こうも探してくれたわけじゃないし、父も何も言ってなかったから、別に会いたいとも思ってなかったってことでしょ」

テーブルの上のアドレス帳を見た。

「いや、わかんないな。ここ何年か、お父さんとはほとんど会ってなかったし、会ってもたいした話はしてなかったんだよね。お母さんが死んでから会話がなくてさ。別にケンカしたとかじゃないんだけど、二人だと話すこともなくて」

高校生くらいから父親とはほとんど話していなかった。母が間を取り持ってくれていたけど、それがなくなったから。

「もしかして、この住所の中に、その人の住所、入ってたりして」

「……さあねえ」

その時、ふっと思った。自分は本当に親のこと……親たちのことをほとんど知らないまま別れてしまったんだなあ、と。

そしたら、少しだけ涙が出てきたけど、それを奈瑞菜に見られるのが嫌で、膝《ひざ》に顔を擦《す》り付けた。でも、彼女は気がついたのか、ためらいがちに背中をなでてくれた。


しかし、そんな感傷も、日々の生活の中で紛《まぎ》れてしまった。

拓也は社会人になってまだ二年目で、部内では一番の下《した》っ端《ぱ》だ。ほどんど毎日残業があるし、覚えなくてはならないこともたくさんある。

気が付いたら、師走《しわす》になっていた。

ある日、会社帰りに携帯を見ると、見慣れない電話番号の着信がいくつもあることに気が付いた。

普段なら、そんな番号は無視してしまうのだが、それが故郷の市外局番だったので、少し考えて寮の部屋から折り返し電話をした。

「もしもし……私、内藤拓也と申しますが……お電話いただいたみたいで」

「拓也君？　私、藤井《ふじい》です。ほら、隣の家の」

「あ、おばさん」

思わず、大きめの声が出てしまった。

「そう。覚えてくれてる？　嬉《うれ》しいわ。隣の藤井です。拓也君、お元気？」

実家の隣の藤井家のおばさんの声だった。上京してからはほとんど会うことはなかったが、葬儀には来てくれて、「何かあったら声をかけてね」と何度も言ってくれた人の一人だった。後片付けで帰郷した折に、念のため電話番号を教えてあった。

藤井家には子供がなく、拓也の両親よりも一回り上のおじさんとおばさんが住んでいた。小さい頃は自分の子供のようにかわいがってくれ、少し大きくなってからもお正月には「お年玉を取りに来てね」と必ず声をかけてくれた。拓也の最初の給料が出た後、最初に帰郷した時「藤井さんにもお土産を買ってお礼をしたらどうか」と父から提案され、その通りにした。小さな菓子折《かしお》りだったのに、とても喜んでくれたのを今でも覚えている。

拓也の両親も係累《けいるい》の少ない家だったから、お互い、どこか気の合うところがあったのかもしれない。

「はい、元気にやっています」

「そう、よかった……また、こちらに来る時は遠慮《えんりょ》なく声をかけてね。……あのね、お電話したのは他でもないの、お宅のポストにね、不在通知が溜《た》まっていて……。ほら、不用心でしょう、おうちに誰もいないことが周りにわかってしまうし、いえ、このあたりの人は皆、事情は知ってるから大丈夫だけどね、最近は時々、空き巣なんてあるのよ、この間も角の山本《やまもと》さんのお宅がね……」

話し続けて藤井のおばさんは、照れたように笑った。

「ごめんなさい、そんなことはどうでもよかったわね。それよりもね、そういうわけだから、私、無作法かなと思ったんだけど、お宅の不在通知票を見せてもらったの」

「ありがとうございます」

もちろん、それはかまわない。前にもポストが溜まったら、郵便物は取っておいてあげるわね、と親切に言ってくれたくらいだから。

「そしたらね、私、宛名と品物のところ見て、ぴんときたの。ほら、いつも内藤さんのところに年末に昆布を送ってくれる人」

「あ、あれですか。槇さんていう北海道の」

実家から持ってきた伝票を思い出した。

「そう。あの、立派な昆布。うちゃご近所にいつもお裾分《すそわ》けしてくれてねえ。ありがたくて。あれが来ると、そろそろお正月なんだなあって気持ちになるほどで」

それはずいぶん、大げさだと思って、少し笑ってしまった。

「いいえ、拓也君は若いし男の子だから、昆布なんてなんとも思わないんでしょうけど、いい昆布って高いのよ。それに、なかなか見分けるのがむずかしいの。だけど、内藤さんからいただく昆布は本当に立派で、黒々として、厚みがあって、だしを取っても最高で」

拓也はふっと、この藤井のおばさんは母と違ってなかなかの料理上手で、家にもいろんなお裾分けをくれたことを思い出した。おせち料理も煮豆《にまめ》やきんとんをよくいただいたっけ。シュークリームを作って、拓也に持ってきてくれたこともあった。

「あら、また、ごめんなさいねえ。つい、思い出にひたっちゃって。それでね、この宅配便、どうする？　この伝票番号があれば、そちらに転送することもできるわよね？　私の方から宅配のお兄さんに話して、おたくの東京の住所に転送してもらってもいいわよ。宅配のお兄さんとは顔見知りだから……」

拓也はしばらく考えて、「良かったら、そちらで受け取って処分していただいてもいいんですが」と答えた。

東京に送ってもらっても、段ボール箱いっぱいの昆布なんて持て余すに決まっている。それなら、喜んでくれる人にもらってもらった方がいいし、そのことで両親の話を近所の人がしてくれれば、何よりの供養になる気がした。

「あら、いいの……でも悪いわ」

そう言いながら、その口調が急に嬉しそうになったのを感じた。明るい藤井さんらしい、と少しなごんだ。

「でも、申し訳ないわね。本当にとっても高価なのよ、昆布は」

拓也は自分が今思ったことを説明した。

「喜んでもらうことが両親への供養《くよう》にもなるかと思うので」

「まあ、そう思ってくれるなら嬉しいわ……もちろん、内藤さんのことは話すわよ。うちの人ともご近所の人とも……話さない日はないくらいよ」

「ありがとうございます」

「でも、それだけじゃ気が済まないから、よかったら、拓也君の今のおうちの住所を教えてくれない？　この昆布の一部を送るから。それから、ちょっとお渡ししたいものもあるし」

拓也は固辞したが、藤井のおばさんは許してくれなかった。話しているうちに、拓也も気が付いたことがあって、結局、お願いすることにした。

「それでは、お言葉に甘えていいですか。その時、できたら、送ってくださった槇さんの住所の書いてある伝票を同封してくださいますか。父が亡くなったことを伝えたいので。こちらにも伝票は何枚かあるんですが、もしかしたら住所が変わっていたりするかもしれないので、念のため」

「あ、槇さんの。そうね……」

その口調に何か含みがあるような気がしたが、藤井のおばさんが立て板に水のごとく話し続けたので、そのままになってしまった。

「本当に、拓也君のお父さんが亡くなって……寂《さび》しくなったわって、ご近所の皆さんとも話しているの。夕方なんか家に帰ってくるとねえ、おたくが真っ暗でしょ。ああ、やっぱりいなくなってしまったんだなあ、って。おたくから、時々、尚美さんや拓也君の声が聞こえてきた頃が懐《なつ》かしい。あの頃、まさか、うちより、内藤さんが先に……」

おばさんは声を詰まらせて、言葉を止めた。きっと「内藤さんが先に亡くなるとは思わなかった」と言いたかったのだろう。

「でも、内藤さんがいい方たちで、私たち、本当に幸せだったねってうちのとも話しているの。それだけでも、神様からの思《おぼ》し召しだったんだねって」

老夫婦二人が肩を落として話している場面が思い浮かんだ。

「ね、拓也君がこちらに住むってことは、やっぱりないのよね……」

それは、葬式の後にも一度聞かれたことだった。

「そうですね、仕事も東京ですし」

「そうよねえ」

おばさんは深くため息を吐《つ》いた。

「拓也君がお嫁さんを連れてこっちに帰ってきてくれたら、本当に嬉しいんだけどねえ。このあたりも若返るし……あら、私ったら、拓也君のお祖母ちゃんかお母さんみたいなこと言ってる。図々しいわねえ」

ころころとひとしきり笑ったあと、「それじゃあ、昆布はいただくわね、ありがとう。でもね、拓也君を身内のように思っているのは本当よ。だから、何かあったら、遠慮なく言ってね。連絡してね」と電話を切った。

泣いたり笑ったり、忙しい人だな、と苦笑しつつ、久しぶりに友達でもない、会社の人でもない、でも近しい人と話した気がして嬉しかった。

藤井さんからの小包《こづつみ》は、それから数日後に届いた。

みかんの箱に何やら重いものが入っていた。

「昆布じゃないのかよ」

宅配便の人がドアを閉めた時、思わず口をついて出たほどだった。

開けると、本当にぎっしりといろいろなものが詰まっていた。

目的の昆布は厳重にビニール袋に包まれて、底の方に入っていた。その上で、まず目を引いたのが、お好み焼き用のオタフクソース、レモスコという広島のタバスコ、広島の銘酒《めいしゅ》「賀茂鶴《かもつる》」の小瓶《こびん》、そしてもちろん、もみじ饅頭《まんじゅう》の箱……それぞれ「お正月に飲んでね」「一人で持て余したら、会社の方に配ってください」などのメモが付箋で付いていた。そして、ずっしり重いプラスチック容器が入っていて、開けてみると「きんとん」と「くろまめ」「煮物」が入っていた。

――拓也君、昔好きだったからつい、作ってしまいました。食べきれなかったら、冷凍して、お正月に食べてください。

他に、餅《もち》や米、なぜか乾《かん》パンや干《ほ》し柿《がき》も入っていた。

拓也が小包の話をすると、奈瑞菜はすぐに来て、ほんの少し季節外れのおせち料理を食べてくれた。

「これ、おいしいねえ」

「そう？　きんとんとか、好きだった？」

「大好きだった！　でも、うちは兄弟が多いからさ。栗《くり》なんてなかなか食べられなかったの。でも、これすごい。栗がごろごろ入ってる」

確かに、栗がぎっしり入っているのが、透けて見える。

奈瑞菜は嬉しそうに、栗を掘り出すように取り出して頬張《ほおば》った。

「これ、本当に食べちゃっていいの？」

「いいよ。酒も開けようか」

「それはお正月に取っておきなよ」

「そんな、どうせ」

一人だし、と言いそうになって口をつぐんだ。

今年の正月、いや、その前のクリスマスをどうすごすのか、まだ話していなかった。

「クリスマスどうする？　お正月は実家に帰るの？」と、一言、尋ねればいいだけなのに、彼女の重荷になってしまいそうで怖かった。

「……奈瑞菜ちゃんの家では、おせち料理は食べるの？」

そんな腰の引けた質問になった。

「マ……おかんが適当に買ってきたのを食べるよ」

拓也が欲しい答えは何も返ってこなかった。

しかし、普段、彼女は母親のことをおかん、と呼ぶが時々、ママ、と言いそうになるのはどこかかわいらしい。きっと家ではママと呼んでいるのだろう。

それで、勇気を出して聞いてみた。

「千葉には毎年、帰るの？」

毎年をつけることで、ただの習慣を尋ねただけのように見せた。

「まあ、帰るかなあ。今年は年末に一日くらい帰って、すぐ戻ってくるつもり。バイトもあるし」

「あ、そうなんだ」

「初詣《はつもうで》とか、行く？」

彼女の方から尋ねてくれて、助かった。

「まあ、行く、かなあ……一緒に行こうか」

やっと言えた。

「うん」

「元旦《がんたん》……でも、二日でもいいけど」

「自分もどっちでもいい」

ちょっと目が合って、お互いに微笑んだ。

「じゃあ、行こうか」

「うん」

「二十四日は？」

さらに勇気を出してみた。

「バイト」

「あ、そうか。あ、気にしないで。客商売だもんね。聞いた方が馬鹿《ばか》だよね」

思わず、慌てて口ごもってしまった。言ってしまって、顔が熱くなった。

「でも、二十五日は空いてる」

心がぱっと明るくなった。

「あ、そうなんだ。じゃあ、ご飯でも食べに行くか」

「ここで食べてもいいよ。安くなったチキンでも買ってさ。下北とか、そういうの、いっぱい出るから」

「それでもいいけど、せっかくだから食べに行ってもいい」

「高いよ。二十五日はまだクリスマス料金だから……」

「たまにはいいじゃん」

遠慮する奈瑞菜がかわいらしくて、その時、つい彼女の肩をつかんでキスしてしまった。

彼女の唇は甘いきんとんの味がした。


北海道の槇さんには、まず電話をしてみた。自宅の家電のようだった。

最初は平日の夜、会社から帰宅した夜九時。ちょっと遅いが、それでも、残業続きだったから
その時間になってしまった。

何度も鳴らしたけど、出なかった。

それで、次は日曜日の昼間に電話してみた。それでも、電話の向こうはむなしく、呼び出し音

をくり返すばかりだった。

そして、会社からもお昼と、三時に電話した。

やっぱり、出ない。

これほど電話に出ないことってあるのかな、と切りながら思った。もしかしたら、電話番号が急に変わったとか、間違っているのかもしれない。

しかたなく、手紙を書くことにした。

そうは言っても、手紙なんて上京してから一度も書いていない。便箋や封筒を新しく買うのも面倒だった。葉書というのも父の死を知らせるのにふさわしいのかわからなかった。上司に断って会社の備品の、白い便箋と封筒をもらった。

自宅に帰って、便箋を広げ、ネットで季節の挨拶の言葉などを調べながら、数日かけてやっと書き上げた。

槇恵子　様

年末ご多端《たたん》の折り、槇様におかれましてはますますご清祥《せいしょう》でご活躍のことと存じます。

はじめまして、こんにちは。僕は内藤慎也の息子の、内藤拓也と申します。

いつもお世話になっています。

槇さんには毎年、実家に昆布を送っていただいておりましたが、実は、父慎也が九月、脳内出血で他界いたしまして、先日四十九日の法要もすませました。

お知らせが遅くなり、申し訳ありません。

母は十年前にがんで他界しましたが、父も母も生前、槇さんからの昆布を毎年楽しみにしていました。

ありがとうございました。

僕は今、東京の会社の寮で、一人暮らしをしています。

変な言い方ですみません。無作法だったら、許してください。

父も亡くなりましたし、一人ですと、昆布はとても食べきれないので、来年からは止めていただけないでしょうか。（今年の分は失礼ながら、実家のご近所の方たちにもらっていただきました）

重ね重ね申し上げますが、両親はとても喜んでいました。

本当に、ありがとうございました。

寒さ厳しき折、槇様におかれましては、お身体、ご自愛《じあい》くださいませ。

内藤拓也

そこまでやっと書いた後、少し迷って付け加えた。

追伸
もしも、よろしければ、父に毎年、昆布を送ってくださることになった経緯《けいい》など、教えていただけないでしょうか。お忙しかったら結構ですが、もし、お時間がありましたら、よろしくお願いします。

下手《へた》くそな手紙だな、無作法だと怒られたらどうしようと心配しながら、「昆布はもういいです」ということをどうやって伝えればいいのか、他に思いつかなかった。

数日後、槇恵子からの返信が来た。

寮のポストに入っているそれを見つけて、少し心が躍《おど》った。まったく知らなかった父の一面が少しわかるかもしれないと思ったからだ。

部屋に入って、すぐに開けた。

槇恵子の字は、伝票と同じ、読みやすい字だった。

内藤拓也　様

ご連絡いただきまして、ありがとうございます。

お父様がお亡くなりになりましたこと、心からお悔やみ申し上げます。

お父様には生前、大変お世話になりました。その感謝の気持ちとして、送らせていただいていました。

拓也様のご多幸を心から祈っております。

槇恵子

「これだけ⁉」

明治神宮《めいじじんぐう》への初詣の後、拓也の部屋に来た奈瑞菜は一枚のぺらっとした便せんを振りながら言った。

「そう」

「これだけ？　二十四年間、昆布を送ってきた理由がこれだけ？」

奈瑞菜の口が前よりよく回っているのは、おとそ代わりに飲んだ賀茂鶴のせいなのか、クリスマス、お正月と一緒に過ごした「恋人」になったからなのか。

それはそれで、悪くはなかったけど。

「たぶん、二十四年以上。自分が生まれる前からだろうから」

「いずれにしろ、ちょっと無愛想だよね」

「まあね」

「もう少し、どこで知り合ったのか、とか教えてくれればいいのに」

「確かに」

自分自身も思っていた不満が、奈瑞菜に言語化されると、ちょっとほっとした。そう思うのは自分だけではないのだ、と。

「実はちょっと調べてみたんだけどさ、あの昆布、同じようなのを買おうとしたら、たぶん、一万以上するみたいなんだよね」

「へえ」

「ネットでは、それくらいだった。羅臼の地元じゃもう少し安いかもしれないけど」

「でも、五千円以下ってことはないよね？」

「まあ、たぶん」

「そんな高価なものを毎年毎年、なんで送ってくれたんだろう」

拓也はためらいながら、考えていたことを口にした。

「もしかして、父のお母さんじゃないかと、思ったりして」

「え、お母さん?」

「うん、僕のお祖母ちゃん。離婚してからほとんど付き合いがなかったとは聞いているけど、もしかして槇さんがお祖母ちゃんじゃないかと」

「でも、そうだったら、お父さんが言うんじゃない? これ、お祖母ちゃんなんだよって」

「……そうなんだけど」

お父さん、無口だったし、ここ数年はあんまり会話もなかったからなあ、と心の中で思う。

「じゃあ、また手紙書いて聞いてみれば? 僕のお祖母ちゃんですかって」

「そうなんだけど、この手紙の感じだと、あっさり否定されそうで。というか、絶対、否定されそう。そうじゃなきゃ、自分から言うと思わない? 実は祖母です、とか」

「まあねえ」

二人の会話はどこまでいっても堂々巡りで、結局、結論はでなかった。

そしてまた、拓也も日々の生活に追われて忘れていった。


再び、広島の実家を訪れたのは、二月になってからだった。

月に一度くらいは帰って空気の入れ換えとかした方がいいのかなあと思いながら、四万近い往復の新幹線代や、往復八時間という長さを億劫《おっくう》に感じて延び延びになっていた。

今回のきっかけも、一本の電話だった。

「拓也君？　広島のお隣の、藤井です」

残業後、部屋に戻ってご飯を食べている時にかかってきたのは、元気な藤井のおばさんからだった。

「あ、先日は小包をありがとうございました」

あれから、お礼の電話を一本かけただけで、なんの返礼もしていなかったな、と思い出す。

「いいの、いいの。私は子供もいないし、親のまねごとができて本当に楽しかったのよ。お元気？」

しばらく互いに近況報告をしたあと、藤井のおばさんは話を切り出した。

「実はね、お電話したのは他でもないの。拓也君のおうちね、どなたかに貸すことは考えてない？」

「え」

思わず、口ごもった。

「いや、あのお、そういうことも考えなくはないのですが、いろいろむずかしいのかなあ、と」

「あのね、もし、嫌だったら、遠慮なく言ってね。実は私、公民館でいけばな教室の講師をしているのね」

そういえば、そんなことを母親から聞いたことがあった。だから、藤井さんの家はいつもきちんと片付いているし、玄関のお花がきれいだと。

「その教室の人でね、来年、お子さんが近所の小学校に入学する方がいて……拓也君ご存じかしら、市の教育重点校って。公立なんだけど、小中一貫教育でいろんなカリキュラムを用意したり、一クラスが三十人以下だとか特別なことをしていて、今とても人気があるの……」

以前に、父の会社の人にちょっと聞いたことを思い出した。拓也の出身校なのだが、最近になってそういうことを始めたという。

「その方が手頃な物件を探しているのよ。お子さんが三人いるし、まだ下の子は小さくて騒がしいから、できたら中古の一軒家を借りたいって……」

「もしかして、うちの家に……？」

「そうなの、私、ぴんときたの。内藤さんのおうちを借りられないかって……もちろん、お片付けしたり、荷物の処分をしたりするのにお金がかかるけど、それさえできれば月六万円くらい払うって」

実家は一階と二階を合わせて七十平米《へいべい》ちょっと、それに小さな庭が付いている。拓也が小さい時に建て売りを買って、築二十年ほどだ。

「ありがたい話ですけど、大丈夫ですか。うち、結構古いんですけど」

「それが今話した事情もあって、この辺りは、結構、家賃が高くなっているのね。だから、そのくらいで借りられるならとてもありがたいって先方も言っているのよ。それに、引っ越せたら、できたら犬を飼いたいんですって。今はアパートで飼えないから。それもあっての六万円ね」

どうせ、実家にはほとんど帰らない。しかも、月々お金が入るという。願ってもない話だった。

先方は四月になる前、できたら三月までに入居したいらしい。とにかく一度、帰郷して藤井さんと今後のことを話し合うことになったため、その週の週末に、拓也は帰郷した。

「こんにちは」

東京で買った菓子折りを持って、まず藤井家に挨拶に行った。

「まあまあ、遠いところをありがとう。そして、明けましておめでとうございます」

おばさんは丁寧《ていねい》にお辞儀をしてくれた。

「あ、おめでとうございます」

拓也も慌てて、頭を下げる。昨年末以来、初めて顔を合わせるのだということをすっかり忘れていた。

客間に通されると、おばさんはお茶を出してくれて、電話で聞いた話をもう一度、ざっとくり返した。

「そういうわけで、どうかしら。内藤さんがきれいに住まわれていることはこちらも知っているし、一度、家の中を見てもらって、よければ家の中を片付けて……」

「本当にありがとうございます」

拓也はもう一度頭を下げた。

「僕一人ではどうしたらいいのかもわからなくて……」

「いいえ、私も拓也君が実家を貸すことになったら、なかなか会えなくなるなと思ったり、でも、おうちを売るわけじゃないから、関係は続くかしらと思ったり、いろいろ考えたんだけど」

藤井のおばさんは湯飲みを包み込むように持つと、しみじみと言った。

「でもねえ、家って人が住まなくなるとすぐに傷むって言うでしょ。ものを片付けるのはきっと大変だと思うけど、いつかはしないといけないことだし、思い切って今やってしまうのもどうかしら、と思って」

「お前、そんなふうにぐいぐい勧めたら、拓也君、断れなくなるじゃないか」

その日は、藤井のおじさんも家にいて、客間に入ってきた。

改めて、挨拶する。

「うちのはこの話が出てからやたらと張り切ってしまって、はしゃいでるんですよ。でも、拓也君はよく考えて、決めてくれていいからね」

あら、はしゃいでるなんてひどいじゃない、とおばさんは怒って見せた。

その漫才のようなやりとりを見ていると、きっと、おばさんが心配してくれているのも本当だろうけど、隣にまた新しい若い家族が住むことになるのも嬉しいんだろうな、と思った。

「では、その方向で話を進めてもらえますか」

拓也がそう言うと、おじさんもおばさんもやっぱりほっとした顔になった。いつまでも隣の家が無人なのは落ち着かなかったはずだ。

「そう？　そうしてくれる？　でも、今晩一晩泊まっていくんでしょう？　もう一日よく考えてからでいいわよ」

「大丈夫です。実家をどうやって片付けたらいいのか、まだ見当も付かないけど……」

「私たちもできるだけのことはするわ」

結局、いろいろ話し合って、翌日の日曜日、まずは相手の家族と会って、家を見てもらうことになった。


結局、拓也は月曜も火曜も広島に残り、家の中の荷物を片付ける手配をしたり、クリーニングの会社を選んだりすることになった。

藤井さんが紹介してくれた家族は、明るい三十代の夫婦とやんちゃな三人の子供たちで、拓也から見ても幸せそうな一家だった。

また、念のため、これも藤井のおばさんに勧められたことだが、地元の不動産屋さんに頼んで保証《ほしょう》会社の手配と契約書《けいやくしょ》の作成をしてもらい、管理もそこにお願いすることになった。管理費が一ヶ月に二千円かかるということなので、家賃は六万円、管理料二千円でいかがでしょうか、と提案すると、先方も快諾《かいだく》してくれた。

母が他界してから十年たち、父がその荷物をかなり片付けていてくれたことが幸いだった。一つ一つの品物を見ると、心が揺れたけど、会社の六畳一間の寮にすべてを持っていくわけにもいかない。

小さな仏壇、小ダンス、それに家族のアルバムと母が使っていた鍋《なべ》と二人の茶碗、父のネクタイ……そんなものを詰めた段ボール一箱……。それだけを東京に送った。他は業者に買い取りと処分をしてもらうことになった。

「これは持って行った方がいいわよ」

言葉通り、片付けを手伝ってくれた藤井のおばさんが母のタンスからジュエリーケースを見つけて言った。

「でも、アクセサリーなんて使いませんし」

「結婚指輪とかあるんじゃない？　拓也君が結婚する時、相手の方にあげたらどうかしら」

箱を開けてみると、いくつかのネックレスやイヤリングの他に、パールに小さなダイヤモンドがあしらわれた婚約指輪と、シンプルなプラチナのリングが大小二つ並んでいた。結婚指輪の大きい方は父のものらしい。

ここにあるということは、父は最近指輪をつけていなかったのだろうか。つけていたという明確な記憶がないから、たぶんしていなかったのだろう。

「あの、よろしければ、お好きなものをもらっていただけませんか。母の形見《かたみ》分けに」

藤井さんはしばらく迷っていたが「いいの？」と言って、小さなネックレスを選んだ。

「これ、尚美さんがよく付けてたから……思い出があるのよ」

そして、ネックレスを目のあたりに押し当てるようにして、少し泣いた。

「ごめんね、拓也君。やっぱり、家を片付けるの、早かったかしらね。もう少したってから、やればよかったかも。それを、私が勝手に……」

本当は、拓也もそう思っていた。彼女が考えているほど、大きな感傷があるわけではないが、片付けをしながらもうしばらく考えてからでもよかったのではないか、と……。

「いえ」

それでも、強く否定した。少し大きな声を出しすぎて逆に本心が透けて見えてしまいそうで心配になった。

「いいんです。家がなくなるわけでもありませんし、もちろん、そのうち売るかもしれませんが、今は残っています。いつかは片付けるんですから、早い方がいいんです」

それでも、藤井のおばさんは、ごめんね、と小声でつぶやいてずっと目をふせていた。

あとは、業者に来てもらって、売ったり処分したりするものを見てもらえるところまで片付くと、おばさんは家の中を箒《ほうき》で掃《は》き始めた。

「……そういえば、この間は昆布、ありがとうね」

クリーニングが入るのだから掃除はいらないと言っても、おばさんはどうしてもそれをしないと気が済まないようだった。

「僕には必要のないものですし……こちらこそ、いろいろ送っていただいて、ありがとうございました」

「あの昆布の値打ちに比べたら、さもないことよ」

「ちょっとお尋ねしたいんですが、差出人の方のこと、藤井さんは知ってますか？　父や母から何か聞いてます？　毎年、昆布を送ってくれる、槇恵子さんて人ですが」

　すると、これまでほとんどよどみなくしゃべっていた藤井のおばさんがすぐに答えず、箒を使っていた身を起こして腰を伸ばした。何気ない動作だったけど、拓也には、おばさんが返事を困っているようにも、返事を考えているようにも見えた。

「……拓也君も、知らないの？　あの槇さんという方のこと」

「ええ。生前、父からも聞いたことなくて。と言うか、これまで気にもしていなかったので」

「そうなの。拓也君にも話してなかったのね、慎也さん」

「母から何か聞いていましたか」

　すると、今度は逆に、おばさんは下を向いてまた掃きだした。

「……わからないんだって言ってた」

　そして、ぽつんと言った。

「尚美さんにね、一度だけ、昆布をいただいた時に『こんな立派な昆布、毎年送ってくださるの、どなたなの？』ってつい聞いちゃったの。そしたら、『それが私にもわからないの』って。昔、お世話になった人だって慎也さんは言うだけなんだって。尚美さんもちょっと気にしてたみたい」

「そうですか」

「ご親戚じゃないの？　って言ったんだけど、違うみたいって」

「僕、もしかして、父の母……祖母なんじゃないかって思ったんです。父が昔、別れた」

「うーん。でも、だったらそう言うんじゃない？」

そうだ、この槇さんの話になると、いつもその疑問が浮かび上がる。もしも、親戚ならなぜそれを隠すのか。親戚でないなら、いったい、どういう関係なのか。

「あと、もう一つ、わからないことがあって」

拓也は思わず、ずっと不思議に思っていたことを口にした。

「相手の槇さんという人、何度電話しても、電話に出ないんです。昼も夜も、朝も。電話は鳴っているのに、誰も出ない。でも、手紙の返事は来る」

「電話番号が変わったのかしら」

「でも、ここ何年も同じ番号です」

「そうねえ」

結局、なんの謎も解けないまま、故郷を後にすることになった。

帰りの広島駅までは、おじさんが車を運転して送ってくれた。改札口まで見送ると言って聞かないおばさんが手を振りながら言った。

「拓也君、これからはうちのことを実家だと思って帰って来てね。家の管理のこともあるし、絶対に関係は切れないいんだからね」

拓也はそれをありがたく思いながら、そして、借家の管理というものがどのくらいかかるのかもよくわからないまま……でも、このあたりに帰ってくるのは、きっとずっと先になるんじゃないかと思った。

東京に戻ってきての大きな変化は、一ヶ月に六万円近い家賃が振り込まれるようになったことだ。

それまで手取りで二十万を切るくらいだった給料に、六万は大きい。

早く死んだ父と母が残してくれたおかげということもあり、拓也は二人の生前以上に、彼らのことを考えるようになった。それは、槇さんも同様だ。

同僚と騒いでいても、ふっと両親、そして、北海道のその人を思っていた。

そういう小さな変化は拓也の一番近くにいる、奈瑞菜にも伝わっていたようだった。

四月の最終週の土曜日の夜、板橋駅前の居酒屋に行って、二人で飲み食いした後、数千円の勘定を「僕が払うよ」と出すと急に彼女が押し黙った。

そこから、寮の部屋に帰るまで、一言も話さなかった。

「何？　いったいどうしたの？」

部屋に入って、ヒーターを付けたところで、拓也はたまらずに聞いた。

「なんだよ、僕、なんか悪いことした？」

「……最近、拓也、よくお金出してくれるよね」

年が明けたくらいから、彼女は名前で呼ぶようになっていた。

「はあ？　そんなこと？　おごって文句言われるとは思わなかったよ」

また、彼女の面倒なところが発動だ、と思った。

確かに、急に収入が増えて、ちょっとした場面で「僕が払う」と言うことは増えたかもしれない。

「それはありがたいことだけど」

「だけど何？　おごられるの、いやだった？」

「せっかく、お父さんとお母さんが残してくれた家を使ってお金が入っているのに、少しずつ、なんとなく使ってしまうの、悪いんじゃないかと思って」

確かに、そう言われると、拓也も考えざるを得ない。

両親も苦労してあの家を建てた。そして、今、それで自分が潤《うるお》っている。

「……貯金もしようと思ってるよ」

「それならいいけど、それこそ、まとめて大切なことに使った方がいいんじゃないかな」

「大切なこと？」

「そう」

「例えば？」

「北海道の、あの人を探しに行くとか……」

「ああ」

思わず、声に出た。

確かに、北海道の羅臼と聞いただけで、とんでもなく遠くて電話か手紙で問い合わせるくらいのことしか考えてなかった。

でも、確かに訪ねて行くことができたら、いろんなことがはっきりする。

「羅臼っていいところらしいよ。もう流氷の季節じゃないけど、自然がきれいで、動物がたくさん見られるって。世界遺産だし」

奈瑞菜がスマートフォンでＹｏｕＴｕｂｅの羅臼観光の動画を見せてくれた。

「本当にきれいなところだなあ」

「私、北海道に行ったことないんだ」

「わかった」

そろそろ二人で旅行に行ってみたいと思っていたところだった。北海道というのは考えていたよりもずっと遠いが、そういう理由があれば、一石二鳥《いっせきにちょう》かもしれない。

「行ってみようか」

「やった！」

小さく両手を上げる奈瑞菜を見ていると、面倒くささなどみじんもない。やはり本質は、優しくて素直な人だ、と思った。

「だけど、それまでは外食はちょっと控えよう」

「うん。ぜんぜん、大丈夫だよ」

「六月か七月……八月かなあ」

「八月はハイシーズンだから高いかもよ」

「少し調べてみようね」

奈瑞菜はもうネットを検索し始めていた。


二人の北海道旅行を決行できたのは、結局、それから四ヶ月後の九月半ばだった。

夏前にはお互いにまとまった休みが取れず、八月はハイシーズン過ぎて飛行機もホテルもどこも高く、やっと落ち着いてきたのがそのあたりだったのだ。それでも、拓也の実家からの家賃収入がなかったら、なかなか行けなかったに違いない金額だった。

一悶着《ひともんちゃく》あったが、旅行代は拓也が出すことをなんとか奈瑞菜に納得させた。「僕の両親のことを調べに行くのだから」と何度も説得した。彼女には現地の食事代を出してもらうことで落ち着いた。

羽田から札幌《さっぽろ》に飛び、さらにそこから根室中標津《ねむろなかしべつ》便に乗り換えた。

空港でレンタカーを借りて、羅臼町まで運転した。二人とも運転免許を持っていたこともこの旅で新たに知ったことだった。

「羅臼とはアイヌ語の『ラウシ』が転化したもの。意味は獣《けもの》の骨のあるところ、だって。いいねえ、めっちゃかっこいい」

飛行機の中でも、車の中でも奈瑞菜ははしゃぎっぱなしだった。

朝十時に羽田から飛行機に乗って、羅臼町のホテルに着いたのは三時を過ぎていた。

「どうしよう」

拓也は通されたホテルの部屋から外を見ながらつぶやいた。

案内されたのは海側の部屋で、そこからは寒々とした北の海と厚い雲が見えた。

思っていた以上に暗くなった空を見ていたら、今から面識のない人の家に行くのは無作法な気がした。

「でも、ここには二泊しかしないんだよ。明日一日会えなかったら、明後日《あさって》には飛行機に乗って帰らないといけない」

「こんな時間に行って、警戒されないだろうか」

「だって、まだ四時前だよ！　空は暗いけど、大丈夫だって。それに拓也一人なら警戒されるかもしれないけど、私がいるんだし」

「え」

振り返ると、彼女はすでにバッグを持って立っていた。

「私、割とお年寄りとしゃべるの、得意だよ。お店とかでも接客するし、感じいいし」

思わず、笑ってしまった。

「じゃあ行こうか」

本当は怖《お》じけづいていた。一年に一度小包を送ってくれる人に会って、「あなたは誰ですか?」

「僕のお祖母ちゃんですか?」と尋ねることに。

念のため、フロントで住所を見せたら「海沿いですね」とスーツを着た中年のホテルマンは教えてくれた。

「ホテルの前の道をずーっと行って海に突き当たったら左に曲がってください」

今度は奈瑞菜が運転してくれた。槇恵子の家の住所をカーナビに入れると、当たり前のように「案内を開始します」と機械の声が告げた。

今まで、想像するだけだった住所が急に現実になったような気がした。

カーナビを使うまでもなく、ホテルの人に言われた通りに行くと、十分ほどで槇恵子の家の近くまで来てしまった。

「住所によるとこのあたりだけどねえ」

羅臼の中心街から離れ、土産物屋や民宿などの施設がだんだんなくなって、木造平屋建ての家が並び始めていた。

「北海道は車の行き来が少ないから運転が楽でいいね」

奈瑞菜はそんなことを言いながら、ハンドルを右に切って、槇恵子の家の前に車を停めた。

正直、思っていたような「家」とは違っていた。

ちゃんと掃除はされているけど、屋根が低い木造住宅はずいぶん古びていて、広島でも東京でもあまり見ない形だった。拓也は少し躊躇《ちゅうちょ》してしまった。

「さあ、行こう」

奈瑞菜は拓也の手を握《にぎ》って引っ張るように家の前に行った。引き戸の玄関を覆《おお》うようにガラスの囲いが付いている。寒さや雪から守るためだろうか。「槇」という表札が見えるところまで来ると奈瑞菜は手を離し、さあ、と言うように拓也の背中を押した。

拓也は意を決して、囲いに手をかけて開け、引き戸の脇《わき》に付いている、ブザーを鳴らした。

おそるおそる鳴らしたのに、まったく、答えがない。

しかたなく、もう一度鳴らす。家の中は静まりかえっていた。

「……いないのかな？」

「もう一度鳴らしてみなよ」

そう言うと同時に奈瑞菜は手を伸ばして、ブーブーブーと続けざまにブザーを押した。

まったく反応がなかった。

拓也は思いきって、引き戸を叩いた。がちゃがちゃとも、がしゃがしゃともつかない音が響いた。

「槇さん、槇さん、いらっしゃいませんか」

すると、やっと、遠くの方で「はあい」という声が聞こえたような気がした。

思わず、二人で顔を見合わせてしまった。

「槇さーん！　いらっしゃいませんか」

もう一度呼びかける。

「はあい」

今度ははっきりと声が返ってきた。

「ちょっと待ってねえ」

そして、がらがらと玄関が開いた。

こぢんまりとした、八十過ぎぐらいの老婆《ろうば》が目をしばたたかせながら出てきた。ジャージにどてらを羽織《はお》っている。

「はい？　どちら様ですか？」

不審そうな表情で、二人を見上げた。

「槇恵子さんですかっ！」

まるで怒鳴るような声が出てしまった。

老婆はしばらくじっと拓也の顔を見て、振り返った。

「恵子さあん！　お客さん！」

え、ということはこの人は槇恵子さんじゃないのか、拓也と奈瑞菜はまた顔を見合わせる。

「はあい」

奥から出てきた人は、年の頃は拓也の父か母と同じような人だった。色白で丸顔、ショートの髪はふわふわとパーマをかけていて、セーターにスラックスを身につけている。

「どなたでしょう？」

拓也たちは三たび顔を見合わせた。

拓也が名乗って訪問の理由を話すと、彼女は小声で「ちょっと外に出ましょう」と言った。

「ばあちゃん、出てくるよ。先に休んでて」

老女に言い聞かせるようにすると、素直にうなずいて奥に入っていった。

恵子はコートを羽織り、自分の軽自動車に二人を乗せて走り出した。

「ごめんなさいね。ばあちゃんも明日は早いからね」

「あ、あの、こちらこそ、すみません。急に訪ねて。実は何度かお電話したんですが」

「このあたりはね、今は昆布漁の真っ最中なの。朝は三時か四時から陸揚《りくあ》げされた昆布を洗って干して……一日中外で働いて、今くらいの時間から寝てしまうの。目が覚めないように、電話の音も切っているんだわ」

だから、これまで電話しても出なかったのか、とやっとわかった。

彼女が連れて行ってくれたのは、おしゃれな海辺のカフェだった。外国人の女性がやっている。移住してきた人なのだろうか。

「こういうところの方が話しやすいから」

席に案内されると、恵子は小さな声でつぶやいた。

頼んだコーヒーが運ばれ、奈瑞菜を紹介すると、拓也は口火を切った。

「あの……改めて、ですけど、毎年、昆布を送ってくださってありがとうございました。あの、それで、僕らあの、旅行をして、あの」

実際の槙恵子を目の前にすると、自分の祖母であるという予想は軽く裏切られてしまった。いったい、自分がなんのためにここに来たのか、それを恵子になんと伝えたら納得してもらえるのか、わからなくなっていた。

「私が言ったんです」

急に、奈瑞菜が口を挟んだ。

「拓也さんから、毎年昆布を送ってくれる人がいる、って。じゃあ、親戚なんじゃないの？　せっかくだから北海道に会いに行ってみようよ、って。私、北海道に来たことないから来てみたくて」

ね？　と奈瑞菜が拓也に声をかける。

「あ、そうです。あのすみません、実は」

奈瑞菜のおかげでやっと自然に話せるようになった。

「もしかして、恵子さんが僕のお父さんのお母さん……お祖母ちゃんじゃないかと思ってたんです。離婚して北海道に住んでいるのかなって。だけど、違うってもうわかりましたけど……」

「そうでしたか」

恵子は伏し目がちにうなずいた。

「すみません。それで、槇さんが父のどういうお知り合いなのか……聞きたくて。父の親戚や……僕の親戚はもうほとんどいないので。もしかしたら、親戚だったらいいな、と」

「……そうですよねえ。なんだか、ごめんなさいね。私がちゃんと手紙に書けばよかったんだけど」

「いいえ」

「慎也さんはね……うちにアルバイトに来てくれていた方なんですよ」

「アルバイト？」

「ええ。先ほども言ったように、うちは昆布漁をやっているでしょ。今は義父《ぎふ》も私の夫も死んで、他の家が採ってきた昆布の加工を手伝っているんですけど、昔はうちも舟を持って漁をしていたんです。昆布漁って結構重労働で、家族だけではできなかったものだから、何人もの学生さんに手伝ってもらったの。住み込みで夏の間だけとかね。それで来てくれたのが慎也さん。だから昆布をお送りしてたの」

「そうだったんですか」

なんだ、それだけの関係だったのか、と拓也は拍子抜けした。

「ごめんなさいね」

拓也のがっかりした気持ちが伝わったのだろう。恵子は謝った。

「いいえ」

それから、会話ははずまなかった。

今どこで働いてるのか、羅臼にはいつまでいるのか、といった話をしただけでコーヒーを飲み終わると、自然に三人は席を立った。

「あの」

店を出たところで、急に奈瑞菜が口を開いた。

「あの、アルバイトには何人くらいの人が来てたんですか、今までに」

恵子は軽自動車の方に歩きながら答えた。

「アルバイト？　そうねえ、毎年、数人の人が来てくれて、うちの人が死ぬまでだから、なんだかんだで、百人くらいの人が来たかしら」

「その人たち全員に昆布を送っているんですか」

恵子が一瞬、虚をつかれたように黙り、「そうでもないわねえ」とやっとつぶやいた。

「あれだけの昆布をたくさんの人に送るのは大変ですよねえ」

「……まあ、うちで作っているものだから」

「でも、今は家で昆布漁はしてないんですよね？　何人くらいに送っているんですか」

「……何人かだわねえ、数えたこともないけど」

「拓也君のお父さんの他には？」

「何人かかしら」

「何人ですか」

「まあ、数人ね」

そこで、店の駐車場の軽自動車について、三人は自動車に乗り込んだ。

ここに来た時には運転席に恵子、助手席に拓也、後ろの席に奈瑞菜が乗ったのだが、今度は奈瑞菜が自分から助手席のドアを開けて隣に乗り込んだ。

「どうして、拓也君のお父さんとかだけなんですか」

車が走り出すと、奈瑞菜はまた尋ねた。

「そうねえ、拓也君のお父さんは最初の頃に来てくれた人だし、なんとなく印象が強くて……」

奈瑞菜があまりにも次々と尋ねるので、恵子が怒り出すのではないかと拓也ははらはらした。けれど、意外にというか、不思議なくらいにというか、恵子は冷静で、困惑しながらも奈瑞菜の質問に答えていた。

「なんとなく、あんな高価なものを三十年近く送ってくれてたんですか」

「まあ、うちで作ったものだし」

恵子はまた同じ言葉をくり返した。

「それじゃあ、アルバイトに何年も来てくれる人もいるんですか」

「そうね、大変な仕事でいっぺんで嫌になってしまう人もいるけど、学生時代、何度も来てくれる方もいたね。このあたりが気に入ってくれて……。そういう人はアルバイトが終わっても、時々、ご家族で遊びに来てくれたり」

「拓也君も来たりしたの？」

奈瑞菜が急に後ろを振り返って言った。

「ううん。一度も」

奈瑞菜はまた前を向いた。

「拓也君のお父さんも何度も来たんですか」

「え」

恵子はまた、しばらく黙っていた。拓也は思わず、少し身を乗り出すようにして、彼女の横顔を見つめた。

「……慎也さんは一度だけしか来なかったわね」

「じゃあ、どうして、拓也君の家に昆布を送ってたのか……」

最後の言葉は質問ではなく、つぶやきのようなものだった。恵子は答えることはなく、それはいつまでも車内にただよった。

奈瑞菜もそれ以上、詰めることはしなかった。


翌日は二人で隣の知床《しれとこ》に足をのばし、知床五湖《ごこ》のあたりを歩いて回るツアーに参加したり、観光船に乗ったりした。

恵子には別れ際に携帯の電話番号を教え「父のことで何か覚えていることがあったら教えてください」と言って日程も知らせたけれど、連絡はなかった。

最終日、ホテルをチェックアウトし、レンタカーに荷物をのせているところに見たことのある軽自動車が入ってきた。

「恵子さん！」

先に叫んだのは、奈瑞菜だった。

彼女は車から走って出てきた。

「ごめんなさいね。やっぱり、どうしても最後に話したくて」

顔が蒼白だったのは、寒さのためばかりではないだろう。

「でも、僕たちはもう空港に向かわないといけないんですが」

「じゃあ、車に乗せてくれる？　空港からはたぶん、バスで帰って来られるから」

運転は拓也がすることになっていたけれど、奈瑞菜が「私がする」と言って代わってくれた。

奈瑞菜が運転席、助手席に拓也、後ろの席に恵子が乗った。

「ごめんね」

車が走り出すと、彼女はもう一度謝った。

「もっと早くに連絡すれば良かったんだけど……私の決心がつかなくて」

「どういうことですか。恵子さんは父とは……」

「ええ」

恵子はあっさり認め、拓也は思わず、後ろを振り返った。

「やはり父と？」

恵子は腕を組んで、目をつぶっていた。

「……いろいろ迷ったんだけど、ちゃんと話さないとあなたたちもずっと気になってしまうでしよ」

「はい」

「……慎也さんが来てくれたのは、私が槇の家に来て、まだ数年のことだったの」

恵子は静かに話し出した。


慎也さんがうちに来た時、私もまだ二十五歳になったばかりだった。私も札幌か東京の大学に行きたかったんだけど、父が漁の事故で亡くなって、大学には行けなくなってしまったの。それをずっと引きずっていた時でした。

本当に馬鹿で恥ずかしいことなんだけど、知り合いの紹介で槇の家にお嫁入りしても、私はどこか、この人生が本当の自分の人生とは違う、自分の人生は他にあるって、ずっと思っていた。別の場所に行きたい、誰かに連れ出して欲しいって願っていた。

そこに現れたのが、慎也さん。年齢も数歳若いくらいで、私は結婚してから初めて、やっと話の合う人が見つかった感じだった。

それで……本当に一夏の間だけ……恋に落ちてしまった。

もちろん、慎也さんは結婚前のことだし、慎也さんが悪いことはなんにもない。私がそんなふうに不安定でふらふらした気持ちでいた時に、その気持ちを理解して、受け入れてくれただけだから。

一夏だけで慎也さんは帰り、私は気持ちが収まらなくて、その年の暮れ、彼の実家に昆布を送った。そしたら、慎也さんがお礼の手紙をくれて……内容はただのお礼なんだけど、とても嬉しくてそれからもずっと昆布を送り続けてしまったの。

その後、もちろん、慎也さんが結婚されたのも知っているし、拓也君が生まれたという連絡も手紙で受け取った。私はショックを受けたけど、どうしても一年に一度だけ、慎也さんの手紙を受け取れる機会を手離せなかった。それだけが日々の生活の助けだった。昆布は仕事柄、いろいろな場所に送るから、一つくらい追加しても誰にも不審に思われなかったの。

ただ、一年に一度送るだけなんだから、許して欲しいと心の中で夫や家族に謝っていました。

そして、七、八年前に、拓也君のお母さんが亡くなって三回忌《さんかいき》も執り行った、と慎也さんから知らされました。

そこにはこれまで一度も書いてなかったことが書いてあったんです。

――私も落ち着いたら、また、羅臼に行きたいです、って。

私は一度だけ昆布以外の返事を書きました。その頃、夫は亡くなっていましたが、義父の介護《かいご》も大変な時だったから、今は無理ですと。そしたら、返事が返ってきました。

――では、都合がよくなったら連絡ください。

こんなことを言ったら、拓也君には本当に失礼で申し訳ないんですが、私はお互いに気持ちは通じ合った、と思いました。義父母を見送ったら、返事をしようと思っていました。

その一方で、なんだか、気持ちがすんだような気もしていました。お互いに気持ちが通い合ったのだから。それですぐに会いに行くことをせずに、ここで義母と暮らしていたんだと思います。

そう考えながら日々を暮らしていて、拓也君から手紙をもらいました。

頭が真っ白になって、あのようなぶっきらぼうな手紙になってしまいました。それで、あなたたちにここまで来てもらうようなことになって、本当にごめんなさい。

もう一度、慎也さんに会いたかったです。別に何をしようと言うんじゃない。ただ、会ってお顔を見たかった。なんで、会おうとしなかったのかと悔やみました。

でも今、心のどこかで、これでよかったんじゃないか、と思っています。会えなくて、会わなくて、私は申し訳ないことを、あなたにも慎也さんにも……奥様にも、せずにすんだと……。


帰りの飛行機の中で、ぼんやりしている拓也に奈瑞菜が言った。

「わかってよかったじゃん」

「……そうかな」

「そうだよ。だって、このまま知らずにいたら、もっと悪いことを想像してたかもしれない」

「でも、母のことを考えるとさ」

奈瑞菜は拓也の手を握った。

「でも、お父さんも、恵子さんも、何もしてないよ。ただ、昆布を送って、手紙をやり取りしただけ……気持ちを言葉にもしていない。あれは恵子さんの話だけ。お父さんはそんな気持ちはなかったのかもしれない」

「そうだね」

「そのくらい、許してあげたら」

「許すも何も」

空港で別れた恵子の姿を思い出した。

彼女は車を降りた後、ずっとぺこぺこと頭を下げていた。セーターにスラックス、コート。その服は皆、着古したものだった。あの家を見ても、決して裕福ではない、恵子の現状がわかった。

奈瑞菜は別れの挨拶をしていたけれど、拓也はほとんど彼女に声をかけることなく、空港に入ってしまった。あの人は今頃、一時間半ほどの道のりを、一人、バスで戻っているのだろうか。

「あの人、なんで、こんなことを話してくれたんだろう」奈瑞菜はつぶやいた。

「きっと、誰かに話したかったのかもね」

自分の問いに、自分で答えていた。

拓也は返事をしなかったが、たぶん、そうだろうと思った。

恵子は、奈瑞菜に矢継ぎ早に問い詰められた時も、困惑しながら怒ってはいなかった。誰にも話せなかった恋を全部話したい気持ちがどこかにあったのだろう。

父はここ最近、ずっと指輪を外していた。その一方で槇さんの住所を、家族のアドレス帳には書き込まず、それでも伝票を残していた。それらすべては何を物語るのだろう。

「拓也には複雑かもしれないけど、結局、二人とも気持ちだけで行動はしてないよ」

そうだ、確かに、父は一度だって、拓也や母を捨てるようなことはなかったし、一度だって北海道に近づこうとはしなかった。

母が死んで何年かして、やっと彼女と連絡を取った……。

その時、飛行機は高度を上げ、ゆっくりと北の大地から浮揚した。

まだ、割り切れない気持ちを抱えながら、拓也は目をつぶり、口で言うほど自分は父にも恵子にも怒っていないことに気がついていた。

第六話　最後の小包

弓香《ゆみか》は悲しむと言うより、ずっと腹を立てていた。

新大阪《しんおおさか》の駅から新幹線に乗る前に、普段なら弁当屋で「牛ステーキ弁当」を買う。それはほとんど儀式《ぎしき》のようになっていた。東京出張の前にステーキを食べて、気力をみなぎらせるのだ。

しかし、今日はまったく食欲がない。けれど、それを認めてしまうと、なんだか今、自分が直面していることが、現実になってしまうようで怖かった。

「牛カツサンドイッチとお茶、ください」

気が付いたらいつもなんとなく気になっていて、でも手を出したことがない品の名前を口にしていた。小さいサイズを選んだのに、九百八十円もした。

ホームに上がって、指定席を買っていた「のぞみ」に乗り込む。

食欲がないのに習慣でお弁当を買ってしまったこと、いつもとは違うボストンバッグを持ってきてしまったこと、髪がくしゃくしゃなこと、レジ袋が妙にしゃかしゃか大きな音をたてること……自分を取り巻いているすべてになんだか、イライラした。

窓際の席にやっと座って、大きくため息を吐《つ》く。

新幹線が動き出すと、窓に頭をもたせかけた。新大阪駅がどんどん後ろに流れていく。そして、東京が近づいてくる。母が待っている場所に。

目をつぶると昨夜からのことがぐるぐると回り出す。まさおからの電話、聞いてすぐに家を出ようとして止められたこと、眠れぬ一夜を過ごして今ここにいること……。

思いついて、サンドイッチの包みを開いた。豪華《ごうか》なそれを頰張《ほおば》れば、少しは気が紛《まぎ》れると思ったのだ。けれど、それは店の前に飾ってあった写真とはずいぶん違っていた。写真では、赤みがかって分厚い牛肉がはさまっていたのに、目の前にあるのは火が通りきった痩《や》せた肉。しかも、ずいぶん小さく指先でつまめそうだ。臭いもきつい。

ため息を吐いて押しやった。お茶を開けてゴクリと飲む。ビールでも買ってきて、流し込めばよかったと考えて、こんな時にお酒なんてと恥《は》ずかしくなる。

なんだか風邪《かぜ》気味なのよ、という母からのLINEメッセージにろくな返事もしてなかった。

「お大事に！」と書かれたスタンプ――猿《さる》の子供がおどけた表情で言っている――を一つ送っただけ。翌日、「インフルエンザだって」というメッセージにも同じLINEスタンプを送った。

「容態が急変した。肺炎《はいえん》になってICU《集中治療室》に入りました」という話を聞いたのが、二日後だった。

その電話もずっと無視していた。母の再婚相手の「まさお」がかけてきていたから。弓香は彼に番号を教えたことはない。母が何年か前、勝手に教えたのだ。そのことにも怒っていた。

いや、もう、まさおの存在そのもの、まさおとの再婚、まさおとの……とにかく、彼のすべてが嫌いだった。だから、着信をずっと無視していた。

それでも、履歴《りれき》が十数件溜《た》まった時、さすがに「これは普通ではない」と気が付いて昨夜、折り返し電話をした。

告げられたのは、まったく想像していなかった一言だった。

「お父さんとは別に暮らすことにしたよ」

中学一年の夏休み、そう母に報告されて弓香はほっとした。

もともと、留守がちな父だった。子供の頃から弓香が寝てしまったあと帰ってきて、登校する時間にはまだ寝ていた。

休日も、仕事があるといつも出かけていった。家族旅行なんて小学校入学前に数えるくらいしかしていない。どこか行きたいと言えば、「夏休みなんてどこも混んでる」「冬休みはどこも値段が高い」と拒否《きょひ》された。だとしたら、学生はいつ旅行に行けるのだろう。

中学に上がる頃から、父が家にいないのは仕事が忙しいからだけではない、別の理由があるということがわかってきた。

部下の女の人と付き合っているということを知ったのは、いつだったか。

小六の十二月二十九日に父が家の最寄り駅の前で、女の人が乗ったタクシーから降りるのを見てしまった。でも、それより前に知っていたような気がする。驚いたというより「やっぱりな」と思ったのを覚えているから。

父が先にタクシーから降りて車が走り出しても、彼女はずっと後ろを振り返って、大きく手を振っていた。父はそこまで大きくなかったけど、肩くらいにまで手を上げて振っていた。父の顔を見る勇気はなかった。

今なら彼女の気持ちがよくわかる。

年末……いつもは朝に夕に一緒にいられる男としばらく離ればなれになってしまう。さらに、彼は妻や娘、親たちと一緒にずっと過ごす。自分は一人でマンションに閉じこもっているのに……いろいろ想像しただけで耐えられない孤独《こどく》だろう。そこまで見えなかったけど、彼女は泣いていたのかもしれない。

最低の父でも、年末から正月三が日くらいは家にいた。でも、一家団欒《だんらん》なんてない。自分は父のことなんて無視していたし、母も型どおりの正月料理を用意するだけ。皆、嫌々、家で顔をつきあわせていた。四日になって父が出社するとほっとした。そんな様子であることはきっと父の口からあの女に伝わっていただろう。だからこそ、彼女は長い間父を信じられたのかもしれない。あの時は、父が家の方に歩いて行くのを見送り、弓香は駅前の本屋に入って時間を潰《つぶ》した。あの人と帰り道で一緒になるのは、こちらもまた耐えられなかった。

父と女を見かけたことは、母にも、当の父にも言わなかった。

こんな関係性以上にそんな父が「普通の男」だったことも、弓香にはつらかった。俳優《はいゆう》並みの容姿とか、ばりばりのエリートサラリーマンならまだわかるのだ。でも父は、髪《かみ》は薄くなりかかっているし、いつも灰色のステンカラーコートを着て、忙しいばかりで出世している様子はない、平凡《へいぼん》な男だ。つまらないニュースバラエティーを見て、家族と話すこともない。普通のサラリーマン以上の収入があるとも思えなかったから、いったい二人で会う時のお金はどうしていたのだろう、と今でも不思議に思う。女が出していたんだろうか。

地味なサラリーマンの父が「不倫《ふりん》」をしているというのは、弓香の男性への強い不信感につながった。どんな男でも不倫はありえる、というのは固い信念になっている。男と付き合ったことがないわけではないが、どうしても、結婚には踏《ふ》み出せない。彼らと会っていて、楽しく過ごしていても、心の奥底で「これは今だけだ、いつかはどんな男でも気持ちが離れていくのだ」と冷めた見方をしてしまう。

両親が別居したのは、あのタクシーの一件があった翌年だった。きっとあの頃、父も彼女とのことを隠す気もなかったのだ。それで、誰が見ているかわからない、最寄り駅まで乗ってきた。父が杉並《すぎなみ》区のマンションから出て行って、半年ほどで離婚は成立した。

大きくもめるようなこともなかったようだが、ただ一点、父が弓香の親権を欲しがって少し調停が長引いたと聞いて、ますます嫌な気持ちになった。

「お父さんね、弓香のことだけは最後まで親でいたい、って言ってたんだよ」

母はきっと「いい話」として伝えてくれたんだと思う。あんな父親でも愛情はあった証《あかし》として。でも、いつも娘には無関心だった父親が最後にそこにこだわった意味がわからない。むしろ気味が悪かった。

それによく聞くと、父が要望したのは最初だけで、母が「親権は私が持ちたい」と主張したらすぐに撤回《てっかい》したらしい。弓香にはただの思いつきのように思えたが、母はそこに何かを感じたかったのかもしれない。

父はマンションのローンだけは養育費代わりに払い、母がパートに行って、二人の生活の家計を支えてくれた。週に一回くらい、神奈川《かながわ》の郊外に住んでいるお祖母《ばあ》ちゃんが来て、家の掃除《そうじ》や洗濯《せんたく》、料理の作りおきをしてくれたので、家の中はなんとか整っていた。

豊かではなかったけど、高校時代に祖父母が相次いで亡くなって、二人の家と畑を売ったお金で大学にも行けたし、そう苦労せずに成長できたのはありがたかった。

父とその女の人がどうなったのかはよくわからない。ただ、父は結局、誰とも再婚しなかったらしい。

大学卒業後、弓香は食品会社に就職して、これからは母に恩返しをしたいと思っていた。

母が「まさお」を連れてきたのはその矢先だった。

弓香がまだ東京の本社勤務だった頃、紹介したい人がいる、と言われた。

弓香は二十四歳、母は五十四歳になっていた。

相変わらず二人で杉並区のマンションに住んでいて、母はパートをし、弓香は給料から月々五万を渡していた。

「そんなにいらないよ。自分のために使いなさい」

母は初任給の時に言った。

「別に欲しいものもないし、お弁当を作ってくれてるから……それに、ママもそろそろパート減らしたら」

当時、母は大手スーパーのレジ打ちのパートをしていた。すでに古株で新人の教育にも携《たずさ》わるリーダー職になっていたけど、腰や膝《ひざ》を痛めていた。

母は弓香の勧《すす》めに従ってパートを少し減らし、弓香が帰ってくる時刻には帰宅して夕食を作って待っていた。その頃が、離婚後ほんのつかの間のゆったりした静かな時間だった、と弓香は思う。しかし、それはあっという間に終わってしまった。

彼は公立高校を退職した高校教師だった。名前は平原正夫《ひらはらまさお》、だけど、弓香の中ではずっと「まさお」だ。彼のことを必要以上に知りたくない。漢字を覚えるのさえ無駄な気がする。

母とは都内の史跡《しせき》を巡るウォーキングクラブで知り合ったそうだ。まさおはそこの講師で「先生」と呼ばれていた。

話を聞いた時、嫌《いや》な気持ちがした。

母と弓香、二人の生活にまた男が入ってきた。

彼はもう七十近いと言う。しかし、母の方は五十代でまだ若い。

しばらくしたら、介護《かいご》が必要になるかもしれない。母の労働力を当てにしているんじゃないかと考えたらぞっとした。

それでも、母に請《こ》われて、しかたなく都内の中華料理店で彼と会った。

まさおは予想していた以上に枯《か》れたお爺《じい》さんで、嫌らしさや不潔《ふけつ》さはなかったが、逆に言えば、はつらつとした若さなんかはみじんも感じられなかった。

高級中華料理店の個室で母ははしゃぎっぱなしだった。もそもそと食事をする「まさお」の横で、一方的におしゃべりしながら世話を焼いていた。

優しい先生で、とても人気があるのだ、と繰り返す。一緒にクイズ番組を観ると、日本史や世界史、政治経済などの問題を外すことはないと自分のことのように自慢した。

そりゃあ、そうだろう。社会の先生なんだから、と弓香は心の中でつぶやいた。

その歴史のクラブの中では指導的な立場のまさおは大人気で、実際以上によく見えているに違いない。さらに、それを射止《いと》めた母は有頂天《うちょうてん》なんだろうと推測した。

彼の方は学校の先生だった奥さんが十年以上前に亡くなり、二人の子供はとっくに独立して家族がいると言う。

結婚したら、千葉《ちば》の房総《ぼうそう》にあり今は無人になっているまさおの実家でのんびり暮らしたい、とまで母は言い出し、そこまで話は進んでいるのかと弓香は驚いた。

「え、じゃあ、うちはどうするの？　杉並のマンションは」

「もちろん、弓香が住めばいいじゃない。会社からも近いんだし」

「私が家を出るよ。一人暮らしする」

「だって……」

母はそっと彼の方を盗み見た。

「まさおさんにうちに住んでもらうわけにいかないじゃないの」

「でも」

弓香が言い返そうとすると、この話は家でしましょ、と母がささやいた。自分から始めたのに。確かに、前の夫がローンを払ってくれたマンションに男を引っ張り込みたくなかったのかもしれない。

結局、一年後、母はまさおと再婚し、宣言通り千葉の家で一緒に住むことになった。

まさおの長女が家族で千葉市に住んで毎週のように行き来をしていて、長男家族も近く移住を考えていると聞いた。家族仲がいいのは結構なことだが、向こうの家族に囲まれて母はうまくやっていけるのだろうかと自分の方が母親のように心配した。

「でもね、いつまでも弓香と一緒に住んでいるわけにもいかないでしょ。弓香もいつかは結婚するんだし、その重荷になりたくない」

母がそう言ったことにも、弓香は腹がたった。

自分が男を選んだことを、私のせいにしないで欲しいと思ったのだ。口には出さなかったが。

一方、まさおの子供たちは二人の結婚を喜んでいると聞いた。

そりゃあそうだろう、自分たちはもう父親の介護をする必要はない。皆、うちの母に押しつけることができるのだから。

一度、向こうの家族とも食事を、と誘《さそ》われたけど、仕事を理由に断った。

翌年、大阪への転勤を打診《だしん》された時、弓香は二つ返事で引き受けた。

「あら、じゃあ、杉並のマンションはどうするの?」

「さあ。好きにしたら。ママたちが住んでもいいし」

弓香は投げやりに言った。

「そういうわけにはいかないじゃない」

母が薄く笑っている様子が電話口から伝わってきた。

「じゃあ、誰かに貸すか売る？　そのお金も好きにしていいよ」

「あれは弓香の家だから好きなようにしていいけど……」

そんな会話があり、結局、今は誰も住んでいない。

父の件があって、弓香には男への不信感が残った。それは母も同じだと思っていた。

それなのに、今、母はすごく幸せそう……かどうかはわからないけど、なんだか、いつものんびり、ゆったりしている。

まさおの家で大型犬を飼《か》って、家の近くの海岸沿いを毎朝散歩し、近くの畑を借りて野菜を作る。時々、車でドライブして、夜は図書館で借りた本を読み、早寝してしまうと聞いた。

それはもしかしたら、母がやっと手に入れた「幸福」というものなのかもしれない。

でも、どうしても、「裏切られた」という思いがふつふつとわいてくるのだ。

そうだ、あれもまた、彼らとの距離を広げたきっかけだと、弓香は新幹線の中で思い出して、唇を噛《か》んだ。

結婚したあと、もう一度だけ三人で食事をした。

弓香は断ったのだが、「家族になったのだからもう一度会いましょう」と彼が主張した。

彼を受け入れる気はなかったものの、いつまでもつんけんしていてもしかたがないし、結婚までしてしまったら今後付き合っていくしかない、と半ば諦め、少しは仲良くしなければとは思っていた。

弓香も社会人だ、子供じゃない。

二度目の会食は銀座《ぎんざ》の、やっぱり中華料理店だった。まさおはよっぽど中華が好きらしい。というより、外食は中華が一番、緊張《きんちょう》しないですむそうだ。本当に年寄りだなと弓香は思った。

まさおは前よりもたくさん紹興酒《しょうこうしゅ》を飲んだ。できるだけ、緊張を解《と》こうとしていたようだった。弓香に自分から「どんな仕事をしているのですか」「会社は楽しいですか」と何度か尋ねてきた。

弓香も言葉少なに、質問に答えた。

和《なご》やかな宴《うたげ》、とまではいかないにしろ、以前よりはきちんと会話が成立していた。会の終盤《しゅうばん》、コースの締めの杏仁豆腐を食べていると、饒舌《じょうぜつ》になったまさおが唐突《とうとつ》に言った。

「弓香さんに一つお願いがあるのです」

弓香と母は顔を見合わせた。その表情で、弓香は、母も初耳なのだ、と知った。

「……なんですか」

「私も優子《ゆうこ》さんと結婚したのですから……弓香さんにもぜひ『お父さん』と呼んでほしい」

はあ？　と答えそうになった口をつぐむのだけで精一杯だった。

「そして、うちの家族の一員として馴染《なじ》んで欲しい」

何も言えなかった。

「よろしくお願いします！」

まさおの声だけが個室の中に響いた。

なぜ、そんなことを唐突に言い出したのか、まったく理解できなかった。弓香はもちろん、前の不実な浮気男が自分の父親だなんて思っていない。だけど、まさおはただの母の結婚相手で、自分の父親ではない、絶対に。

弓香は断らなかったけど、イエスとも言わなかった。

大阪に行ってから、母とは一ヶ月に一回くらいはＬＩＮＥでやり取りをしていた。

ほとんどは母がメッセージを送ってきて、弓香がスタンプで返事をするだけだった。

盆や正月の長期の休みは、友達との旅行やスキーに使った。出張で数ヶ月に一度は東京に戻ったけれど、ホテルを取って知らせることもなかった。

そのまま数年が経《た》ってしまって、彼とも母ともほとんど会っていない。


気が付いたら、うとうとと眠ってしまっていた。目が覚めると東京駅だった。

そのまま総武《そうぶ》線に乗り、千葉で内房《うちぼう》線に乗り換えた。君津《きみつ》の駅からはタクシーで病院に向かう。

東京駅から三時間近くかかった。

病院に着く頃にはそろそろ空が暗くなっていた。ぐったりと疲れ、「ママがまさおなんかと結婚しなければ、東京の病院だったはずなのに」と思うと、さらに頭にきた。

すでに面会時間は過ぎているはずだった。

正面玄関から入って受付に向かう。診察時間も終わっていて、若い女性が一人だけ座っていた。

「すみません、後藤《ごとう》弓香と申します」

なぜだか、自分の名前さえ言えば、すぐに理解して案内してもらえると信じ込んでいた。

しかし、彼女は小首を傾《かし》げた。

「後藤優子、いえ、平原優子の娘です」

「ええと」

「この病院にいるはずなんですが」

「少し、お待ちください」

彼女はパソコンを打って、何か調べ始めた。そこで、気が付く。東京の大学病院ほどではないが、ここもそこそこ大きな市民病院だ。多くの患者《かんじゃ》さんが入院しているはずだし、名前を言っただけですぐにわかってくれるわけではないのだ、母も患者の一人でしかないのだ、と。

弓香はもう一度、彼女に声をかけた。

「……母は昨日ICUに入って……あの、昨夜……」

「え、ああ」

彼女はやっと事情をわかってくれたようで、うなずいた。パソコンをのぞき込む。

「それでは、地下にいらっしゃってください。まだ、そちらにいらっしゃるはずです」

「地下ですね。ありがとうございます」

「あの」

弓香がきびすを返してエレベーターホールに向かおうとすると、彼女が呼び止めた。

「このたびはご愁傷様《しゅうしょうさま》でした」

そして、深々と頭を下げた。

急に現実が胸にずしんときた。


霊安室《れいあんしつ》のベッドに母が寝かされていて、顔に布が被《かぶ》せられていた。

その横にまさおと、その家族……たぶん、息子《むすこ》と娘だろう、その家族がずらりと並んでいた。

「ああ、弓香さん、ああ、よかった」

座っていたまさおが立ち上がった。

「は？　よかった？　何が？」

思わず、語気を荒《あら》げてしまう。

「いや……そろそろ、ここを出て、どこかに運ばないといけないって言われていて……その前に来てもらってよかった」

「ああ、そういうことですか」

「こういうことになって……弓香さんには申し訳ない」

まさおが肩を落とした。目が真っ赤に腫《は》れている。ずっと泣き続けていたのだということがわかる。その目がまたうるんで、彼はハンカチを使った。

そこから目をそらせた。

「本当に急なことで……」

弓香は彼の言葉を無視して、母の脇《わき》に立ち、そっと顔の上の布を取った。すべてを見ることはできず、顔の三分の一くらいが見えるとすぐに布から手を離してしまった。母の目をつぶった顔がちらりと見えた。真っ白だった。

「どうして、こんな急に……」

すると、まさおの隣に並んでいた男性と女性がお互いの腕を押すようにして、少し前に出た。

「弓香さんですか……父の……まさおの息子の正隆《まさたか》です、こんな時になんですが初めまして」

「娘の貴子《たかこ》です」

さらに正隆は自分の後ろにいた女性を前に押し出すようにして「妻の葵《あおい》です」と言った。

「はじめまして。優子さんには本当にお世話になっていて……」

彼女はハンカチをポケットから出すと目に押し当てた。

すると、葵の手を握《にぎ》っていた小さな男の子がその手を引っ張った。彼女がしゃがみ込んで「優子お祖母ちゃんの娘さんだよ」と言った。彼は理解できたのか、できなかったのか、小さくうなずいた。

そうか……こちらではもう、母は「優子お祖母ちゃん」としての人生が始まっていたんだな、とぼんやり思った。

「僕らもさっき、先生に説明を受けたのですが、優子さんは数日前にインフルエンザにかかってこの病院で薬も処方され自宅で療養《りょうよう》していたんですが、昨日、急に息が苦しいと言って、親父《おやじ》の車でここまで来て診《み》てもらったら肺炎になっていて……すぐ入院したんですが」

「インフルエンザ……でも、今はいろいろ薬がありますよね」

「それがうまく効いていなかったみたいで」

「私も先生のお話、聞けますか」

「あ、もちろん。今日は駄目かもしれませんが、明日ならきっと」

自分がちゃんと話を聞こう、と思った。この人たちに聞いただけでは諦めきれない。

「それで、すみません。先ほども父が言ったように、実は病院の方から今日中にこちらから移してくれって言われていて、すでにこちらで紹介された葬儀屋《そうぎや》さんにお願いしていまして……」

正隆がもう一度、説明してくれた。

「はあ」

「まず、ここから父と優子さんが住んでいた家に運ぶか、それとも、直接葬儀会場に運ぶか、今話し合っていたところなんです」

「葬儀会場？」

「駅前に市民用の会場がありまして」

葬儀会場にいきなり運ぶ……？　いったい、どういうことなんだろう。理解できない。

「そんなこと、できるんですか」

「はい。葬儀屋さんに聞いたら、今はそういう方も多いそうで」

この人たちは母をもう葬儀会場に運ぶ相談をしているのか。昨夜、死んだばかりなのに。

そんな人たちに囲まれて、母は生活していたのか。息が苦しい。

すると、最初の一言以外は黙《だま》っていたまさおがつぶやいた。

「俺は家に運びたい。優子を連れて帰ってやりたい」

「お父さんは連れて帰りたいのよね。私たちもそうしようかと言っていたところで……」

貴子が言葉を添えた。

弓香は少しほっとした。

後ろに人の気配がして振り返ると、黒い服を着た若い女が立っていた。

「葬儀屋の田中《たなか》さんです」

正隆が紹介してくれて、彼女もまた、深々とお辞儀をした。

そこから葬儀が始まったような気がした。


駅前のビジネスホテルで目を覚ました。

すでにここに泊まるのも三日目だ。今日は十二時から告別式《こくべつしき》をするという。

弓香はのろのろと起き上がって、顔を洗った。鏡を見るまでもなく、自分の顔が疲れきっているのがわかる。実際、目の下が真っ黒だった。

最初の夜、母とまさおの家に泊まってくれと勧められたのを断って、ここにきた。一番小さな、シングルルームを取った。ほとんど、ベッドだけでいっぱいのような、壁の白い部屋はまるで棺桶《かんおけ》のようだ。

だけど、今はこの部屋がふさわしい。

やっぱり、ホテルにしてよかった、と思う。あの家族に囲まれて、母の葬儀の準備をするのは耐《た》えられなかった。この部屋に戻ってくるとほっとした。

母が死んだ翌日が大安《たいあん》だったので、次の日通夜をした。

まさおは式の最中《さいちゅう》人目もはばからずに泣いていた。

弓香だって泣きたい。

だけど、隣で号泣しているまさおを見ていると、なんだか、どうしても涙が出なかった。ただただ、心が冷めていく。

だいたい、まさおが喪主《もしゅ》だなんてことがあるだろうか。彼はただ、泣いているだけでまったく役にたたない。

息子や娘が「父さんは座ってて、僕たちがやるから」と言って世話を焼いている。そのくらいなら、なぜ、自分にやらせてくれないのか。

だけど、葬儀屋も周りの人も、誰もなんの疑問もなく「喪主はまさおさんで」と話を進めるから、弓香は言い出せなかった。

そんな自分が悔しい。

ほんの一瞬の勇気を出せなかっただけで、自分は最愛の母の喪主にもなれなかった。周りが当たり前のように行動していても「それはおかしくないですか。私が喪主をします」と言えばよかった。

その後悔でまさおの隣に立っているのがつらい。

大切な母の葬儀なのに、悲しみに集中することもできずにずっとぐるぐると考えている自分が浅ましくて嫌になる。

あれも嫌だった、と弓香は顔を洗いながら思い出す。

最初の日、家に帰ったまさおが何を思ったか急に泣いていた顔を上げて、「これからは自分のことを本当の親だと思って頼ってください」と言ったのだ。

そして、自分の言葉に酔《よ》ったように、また声を一段と高くして泣いた。最後の言葉は泣き声にかき消されてよく聞こえなかったほどだ。その肩を抱く息子も泣き、隣の娘も泣いた。

一同が号泣しているのを見ながら心がどんどん冷めていった。はあ？　と言いたかった。

本当の親？　それは母しかいない。

お前が私の親？　冗談も大概《たいがい》にしろ。この葬式が終わったら、二度と会わない。

財産分与やなんかでもめたって、絶対に会わない。すべて弁護士をたてて、こいつらとは二度と会わない。法事もこっちで全部やる。一瞬でそこまで考えた。

なかなか顔を洗い終われない。

なぜなら、涙が後から後からあふれてきて、それを水でずっと流しているからだ。

しばらくして、諦めてタオルで顔を拭《ぬぐ》った。

もちろん、その後からも涙は次々あふれてきた。

この部屋では泣けるのに、葬儀会場やあの家族の前では泣けない。

たぶん、「薄情な娘だ」と思っているんだろうな、と思ったら、少しだけ涙がとまった。あいつらは自分たちが泣いているだけで「悲しんでいる」「悼《いた》んでいる」と思っているような人たちだ。たぶん。

それでも、化粧《けしょう》をしようとするとまた涙があふれてきて頰を濡《ぬ》らす。結局、化粧はやめて手を置いた。

昨日もそうだった。肌にファンデーションを塗《ぬ》ることさえ出来なくて、ほとんどすっぴんのまま、会場に行った。

今日は十時には来いと言ってたっけ。

そう考えながら、ぼんやりと鏡を見ている。

ふっと思う。

このまま、帰ろうか。

どうせ、告別式だろうが、焼き場だろうが、知らない人たちの中にぼんやり立って、泣くこともできずに気まずい時間を過ごすだけだ。

あそこにいてもいなくても、きっと母は気にしない。

もう、十分、親不孝はしてしまった。

そう思ったら、また新たな涙が出てきた。

ずっと母とろくに連絡を取らなかった。メッセージやメールにも素っ気《そけ》ない態度を取ってきて、盆暮《ぼんく》れも帰らなかった。

ここで、数時間の親不孝を重ねても、もうなにも変わらないだろう。

母がまだこの世のどこかにいるなら、あの会場ではない。きっと自分の近くにいる。いないなら、どこにもいない。

大阪に戻ってもいいし、東京のマンションに帰ってもいい。

そう考えたら、やっと身体《からだ》に力が出てきた。

弓香は立ち上がって、ボストンバッグを取り上げた。


——今どちらですか。そろそろ告別式始まります。

——もう、始めてもいいでしょうか。

ＬＩＮＥを使ってまさおからのメッセージと電話が来ていた。まさおからではあったけれど、文面から、息子か娘が送ってきているような気がした。返事はせずに、スマホの電源を切った。

電車に乗って千葉から東京に戻り、東京から中央線に乗り換え、新宿《しんじゅく》で京王《けいおう》線に乗り換えて永福町《えいふくちょう》のマンションに帰ってきた。

まっすぐ大阪に戻ってもいいかな、と思ったけど、久しぶりだから寄って行くことにした。空気の入れ換えをしてもいい。

マンションは永福町からは十分ほど歩く。大宮八幡宮《おおみやはちまんぐう》を抜けるとすぐだった。

築二十年、七十平米《へいべい》、２ＬＤＫで、ダイニングキッチンの他に小さいけれど二部屋あり、昔は両親と弓香のベッドルーム、離婚後は母と弓香の部屋になっていた。

玄関を入ってすぐ脇の四畳半《じょうはん》が弓香の部屋だったけど、そこにはすぐ入らず、まっすぐ廊下を抜けて、荷物を持ったままダイニングキッチンに入る。

時々、母が来てくれていたからか、空気はそうよどんでいなかった。それでも、窓を開け放って、風を入れた。

結局、母はここの家具をまさおの家に持ち込まなかったし、弓香もほとんど大阪でそろえたので、食卓、ソファ、テレビなど、大きなものがそのまま残っている。

弓香はソファに腰掛けた。

窓の外は天気がよかった。

今頃は告別式も終わった頃かな、と考えるとやはりちくりと胸が痛んだ。

でも、どうしても、あそこに母がいて、あそこに行かなければお別れができない、という気もしなかった。

ソファにそのまま寝そべる。

「ママ、バイバイ」とつぶやくと、涙がすうっと流れた。

そして、もしもこれを母が悲しんだり嘆《なげ》いたりするなら、それもまたお門違いだとも思った。

だって、今、他人に囲まれて告別式をしているのは、母の人生の選択の結果ではないだろうか。

母がそれを望んだのだ。

ふと考える。このマンションはどうなるんだろう。

たぶん、ここは母と弓香の名義になっているはずだった。母が再婚する前、そんなことを言っていた気がする。いずれにしろ、少なくとも今も半分は母のもののはずで、まさおにも相続権があるのではないだろうか。前夫がローンを払ったのに？

まあ、どうでもいい。あの人が所有権を主張したりしたら、その時はその時だ。何かを取られたら、今以上にあいつらを嫌って憎んで蔑《さげす》んでやればいい。

そう考えたら、急に気が楽になって、弓香はそのまま寝入ってしまった。

この三日、ろくに寝られなかった。久しぶりの深い眠りだ。数時間後、手足が冷えて、目が覚めた。

コートを着たまま寝ていたから、身体が冷え切るのを防げたのは幸いだった。

スマートフォンを取り上げても、そこにはきっとまさおやその家族からの電話やＬＩＮＥが入っているだろうと考えたら気が重く、電源を入れなかった。

バッグの中から会社から支給されているスマートフォンを取り出した。

必要はなかったけれど、会社用のメールを開けて見ていると、その中に昔の恋人、池知智春《いけちともはる》からのメールが混じっていることに気が付いた。


池知を「飲みに行こう」と誘うと、高円寺《こうえんじ》にするかと返事が来た。

高円寺なら歩けない距離ではない。

自転車でもいいかと思ったけれど、もう何年も使っていないので鍵《かぎ》がどこにあるのかすぐに思い出せない。マンションの自転車置き場に置きっぱなしの自転車がすぐ使えるのかもわからなくて、「帰りはタクシー使ってもいいな」と考えながら家を出た。

高円寺の駅前には彼の方が先にいた。数メートル先からなんとなく彼を見ていると、急に顔を上げて気づいた。「おおっ」と言って手を上げた姿が昔と変わりなかった。

「どこ行こうか」

「どこでも。決めて」

「串焼《くしや》きでいいか」

「うん」

昔から池知が好きだった串焼き屋のカウンターに並んで座ると、彼はすぐに言った。

「お母さん、亡くなったんだって？」

「……そうだけど、今はその話はしたくない」

「わかった」

「でも、なんで、知ったの？」

「同じ会社なんだよ。訃報《ふほう》が回ってきてるに決まってるじゃん」

考えてみれば、通夜には本社の人事課の人が来ていた。いろいろあって、すっかり忘れていた。大阪支社にいて、池知と同僚なのだという意識が少し薄れていた。

どこかで知って心配してメールしてくれたのか、と思っていたのでちょっと嬉《うれ》しかったけど、同僚としての気づかいなのかもしれない。

池知には大阪に行く少し前、「将来のビジョンが違っている気がする」というわけのわからない理由で振られていた。

ただそれは、他に好きな女ができたのか、自分に飽きたんだろうと考えていた。そうは言えないから、意味不明の理由を持ち出してきたんだろう、と。

すぐに「いいよ」と言った。一度気持ちが離れた男女の仲を長引かせてもよい結果は得られない、というのは、親たちを見ながら育ってきた弓香の信念だった。池知はどこかほっとした顔をした。

池知は今まで付き合ってきた中で、一番穏《おだ》やかで一番落ち着けた人だった。実を言うと、唯一《ゆいいつ》、時々思い出して「あの人なら結婚してもよかったかも」と思う相手でもあった。誰にも言えないし、池知自身にはなおさら言えないけど。

彼はきっとすぐに別の人と付き合うのだろうな、と予測していた。でも、本当に次の週に経理のまほろちゃんという後輩《こうはい》と付き合いだしたのにはびっくりした。さすがに早過ぎないか、と思った。彼のことは大阪への転勤に即答した理由の一つでもあった。

それでも、今日は誰かと一緒にいたかった。何も考えずに飲みたかった。

「なんと言ったらいいのかな。ご愁傷様でした」

「何も言わないで。話題にしないで」

彼の「ご愁傷様」がカウンターの上に行き場を失って漂っているような気がした。涙があふれて、店の紙ナプキンを使って涙を拭う。

「ごめん」

「ごめん」

お互いに一緒に謝っていた。

「注文しようか」

「うん」

池知はすぐにメニューを取り上げて、「レバごま塩、タン、ハツ、モツ煮込み、アスパラ、大根酢醤油《すじょうゆ》……」と、弓香が好きなものばかり頼んでくれた。

その後は、母の話は出なかった。会社の人たちの噂《うわさ》とか、今関わっている仕事の内容とか、上司の悪口とか、以前と変わらない会話をした。

「そう言えば、まほろちゃん、お元気？　こんなふうに二人で飲んでて大丈夫だった？」

食事の終盤になって尋ねた。少し酔ってきたからやっと言えた。内心、こんな時なのだから、別にかまわないだろう、と思っていた。

「ああ、きっと元気だよ。もう別れたから知らないけど」

「え。そうなの？」

彼は淡々と酢醤油にまみれた大根をかじっていた。

「振られちゃったの？」

「いやなんというか……だって、別れた後にすぐ『付き合ってください』って言われたから、そういうのもあるかなあ、ってぐらいの気持ちで始まったから。それは向こうにも申し訳なかった」

「何それ」

そう言いながら、にまーっと笑ってしまった。横並びの席でよかった。顔を見られなくて。母が死んでから初めて笑ったなと思ったら、また涙があふれた。それにはすぐ気が付いたようで、紙ナプキンを差し出してくれた。

「まほろちゃんのことが好きになったから、振られたのかと思ってた」

涙を拭きながら言った。

「俺そんなこと一言も言ってないじゃん。そうだったら、はっきり言うって」

確かに池知は正直な人だ。でも、男って、いや、男女はいざとなったら別れるためならなんでも言うと思っていたから信じていなかった。

「でも別れる時、なんか、ほっとしてたでしょ」

ずっと気になっていたことを尋ねた。

「ああ、あれは……悲しかったけど、もう振り回されなくて済むと思ったらほっとした」

「そんな」

ふと、涙を流しながらこんな話をしていたら、誤解されるかもと気がついた。

「あ、あの。この泣いているのは別に今の話とは関係なくて……」

慌《あわ》てて説明した。

「わかってるって」

池知は弓香の肩をぽんぽんと叩いた。

「わかってるよ。俺、高校生の時、父親亡くしてるから」

「あ、そうだったね」

ほっとした。やっと何も考えず、普通に悲しめる人を見つけられた気がした。

「弓香はお母さんと仲良かったじゃん」

今日、初めて名前で呼ばれてどきりとする。

「大丈夫か」

「わからない」

「まだ、ぜんぜんわからないよ」

正直に言った。

「そうだろうな」

池知は話を変えた。

「大阪からはいつ戻ってくるの?」

「さあ、どうだろ」

「上の人から何も言われてないの?」

「うん」

「大阪、気に入っているの?」

「そうね、結構、好きかな」

「また、東京に来た時は連絡してよ」

結局、どうして別れることになったのか、もう一度、ちゃんと尋ねたい気もしたけど、きっとまた会えると信じられて、その日はそのまま別れた。彼は別れ際にも「つらくなったら、いつでも電話して」と言ってくれた。


かなり酔ってしまったのでタクシーで帰宅して、マンションのドアを開くと電気が点《つ》いていた。死ぬほど驚いた。

そのまま逃げるか、警察に電話しようと思った時、足元にくたびれた黒い靴があるのに気がついた。葬儀会場で脱いでいた姿に、見覚えがあった。

それでも、おそるおそる中に入っていくと、ダイニングキッチンのソファに、まさおが座っていた。

「驚くじゃないですか！　勝手に入らないでくださいよ！」

まさおがゆっくりと振り返る。

「どうやって開けたんですか！」

「鍵を預かっていたから」

「だからといって、急にこんなふうに来るなんて……」

「……ちゃんとしなさい」

「はあ？」

「告別式くらい、ちゃんと出なさい」

怒りと気持ちの悪さで、ぞっとした。言葉がなくて、まさおをにらみつけた。それは正論だけど、それをできなくしたのは、いったい、誰のせいだと思っているのだ。

頭ごなしに叱《しか》りつけるような口調にもむかむかした。相変わらず、この人は私のことを自分の子供か生徒のように思っているのか。

「私のことが嫌いだというのはわかるけど、お母さんの告別式くらい、ちゃんと出なさい。お母さんはあなたのことが本当に好きで、愛していたのだから……」

最後の方がことばにならなくて、まさおは袖で涙を拭った。

「だって……」

「お母さんはあなたがいなくて、どれだけ悲しむか……」

絞《しぼ》り出すような声だった。また、腕で顔を覆《おお》う。

「誰のせいだと思っているのよっ！」

弓香は怒鳴り返した。

「私だって出たかったわよ。だけど、あんたやあんたの家族がずらっとそろって、偉《えら》そうに私のママの葬式を仕切って、私のママのためにとか言って泣いて、本当に気持ち悪い」

まさおが信じられない、という顔でこちらを見ている。

「あんなの私のママのお葬式じゃない。あんなの私のママじゃない！」

「そんな……」

「私のママは死んでない。私のママはまだここにいるの。だから、もう帰って」

「……帰りますよ。すぐに帰ります。だけど、一言言わせてください。私のことが憎いだけで、そんな悲しいことを言わないでください」

絞り出すような声だった。

「私にも、うちの家族にも、いろいろ不手際もあったでしょう。だとしたら謝ります。だけど、そんなことを言って、あなたの母親やあなたの人生を否定すると、後で後悔しますよ」

「脅《おど》しですか」

「違います。脅しなんかじゃない。そんなひどい言葉を吐いて……私のせいだとは思いますが、あなたが気の毒だ」

まさおはため息を吐いた。

「そういう意味では本当に申し訳ないと思います。ただ、優子さんと暮らせたこの数年は本当に幸せでした。それは結婚を許してくれたあなたにもお礼を言わなくてはいけない」

まさおは立ち上がって頭を下げた。

「そんなの……私が反対してもママは結婚したでしょ。別に積極的に許可した覚えもないし」

「そうですか。でも、優子さんは何度も言ってましたよ。あなたが許してくれなかったら、絶対に結婚はしなかったって」

知らねえよ、と言ってやりたい。だけど、もう、それを叫ぶ気力はなくなっている。

「本当にありがとう。優子さんも幸せだったと思いたい……それをずっと考えています。彼女が亡くなってから。あなたから引き離して……よかったのか。私や血のつながっていない子供や孫の世話もさせて。とにかく、ずっと考えています」

まさおはしばらく弓香を見た後、「すまなかったね」と一言だけつぶやいて家を出て行った。

まさおがたいして言い返しもせず、ただ素直に謝って帰って行ったことが、じくじくと心を痛めた。

いったい、この時間にここから千葉までどうやって帰ったのだろう、ということに気が付いたのは、ベッドに横になった時だ。タクシーだろうか、それとも東京のどこかに泊まったのだろうか、長男にでも迎えに来てもらったのだろうか。


次の日、荷物をまとめて大阪行きの新幹線に乗った。

胸はまだ時たまうずくけど、もうしかたがない。

品川《しながわ》駅で今度は弁当とビールの五百ミリリットル缶を買った。これを飲んで、ぐっすり寝てしまおうと思った。

しかし、そう簡単にはいかなかった。やはり食欲は少しもないし、ビールを無理矢理喉《のど》に流し込んでも眠気はこなかった。頭の中にまさおと話したこと……一つ一つの言葉や彼の表情が浮かんで結局、一睡《いっすい》も出来ないまま大阪に着いた。

地下鉄で会社の寮がある阿倍野《あべの》まで行き、部屋に着いた。

ドアポストに宅配便の不在通知の黄色い紙が挟まれているのが見えた。それを左手で取って、右手でドアを開けながら見た。

「え、えええ？」

驚きのあまり、鍵を落としそうになった。

差出人のところに、平原優子と書いてあった。母からの荷物のようだ。

どういうことなんだろう。母が死ぬ前に送ったのだろうか。

靴を脱ぐのももどかしく部屋に駆《か》け込むと、スマートフォンを出して不在通知票に書いてある電話番号を押す。タッチする手が震えてしまう。これから一時間くらいでお届けに上がります、と言われた。

その間も何もする気が起きず、しばらく部屋の中をうろうろした。しかし、こうして待っていてもしかたないと思い、なんとか着替えをし、バッグの中身を片付けた。下着などを洗濯機《せんたくき》に入れて回す。水音が聞こえてくると、ほんの少しだけ落ち着いてきた。

母からの宅配便……いったい、中身はなんだろう。届いたのは弓香が東京に向かった日……新幹線に乗っていた時間だ。前日の夜には亡くなっていたのだから、前々日くらいに発送したのだろうか。

ぼんやり考えている時、ピンポーンとチャイムが鳴って、弓香は玄関に走った。

「――運輸です」

青い作業着を着た男性がドアの前に立っているのを確認して扉を開け、段ボール箱を受け取った。小ぶりのみかん箱だ。けれど、箱詰めのみかんを送ってきたのではないことはすぐわかる。箱が新品ではないし、貼ってある粘着テープが少しよれている。伝票は母の字で書かれていて、それだけで胸が突かれる思いがした。

彼が去るとすぐに玄関で、粘着テープを剝《は》がして開いた。

まず、スーパーのレジ袋がいくつかあって、その中に小松菜《こまつな》とほうれん草、水菜《みずな》などの葉物野菜、ブロッコリーと芽《め》キャベツ、ジャガイモと人参などが分けて入っていた。

形が悪いし、少し泥《どろ》も付いていて、それが母とまさおの育てたものだというのがわかる。これまでも何度か送ってきていたから。

そして、フリーザーバッグに入った米もあった。こちらはたぶん、市販のもののはずだ。近所の農協で買う米がおいしいから、とそれもまたこれまで時々送ってきていた。

それ以外に、今回は大きめの紙袋が一つ、米の横に入っていた。

震える手で開く。

中にあったのは、まずレトルト食品、白がゆ、梅がゆ、卵がゆなどのおかゆのパック。鯖《さば》とツナの缶詰、粉スープ、粉状のスポーツドリンクの素《もと》、マスク、体温計……そして、最後のものを見た時、母の死を聞いた時からずっと抑えてきた色々な感情が崩壊《ほうかい》して、弓香は嗚咽《おえつ》した。

入っていたのは、風邪薬の箱と痛み止めの解熱剤、解熱シートだった。どれも、使いかけで、半分くらいしか入っていない。

「ママ……」

母はなんで急にこれを送ってきたのだろう。

弓香はまた、スマートフォンを取ってＬＩＮＥを開いた。一瞬、ためらった後、まさおにメッセージを送った。

――昨日はすみませんでした。失礼を承知でお聞きします。今、大阪に戻ったら、母から小包《こづつみ》が届いていました。これは母が送ってくれたのでしょうか。

まさおからは返事がすぐに来た。

――そうです。私もばたばたしていて、そのことを今、言われるまで忘れていました。優子がどうしてもあなたにと言って、送ったものです。

まさおのメッセージには弓香を責めるような言葉はなかった。昨日のことには触れずにすぐに話の内容に入ってくれたことで、弓香はまさおの優しさを初めて感じた。

――入院する前ですか。

すると、ＬＩＮＥ電話の音が鳴り出した。弓香は一度、深呼吸してそれを取った。

「ごめんなさい。私は書くのが遅いから。電話でいいですか」

「いいえ、私も……すみません」

弓香は思わず、もう一度謝った。

「いえいえ。本当に私も、小包のことをすっかり忘れてた。インフルエンザっていう診断が出た後、薬でいったんは熱が下がって、その間は家の中のことを普通にしてくれていた時期が一日半ほどあったんです。その時、急に、弓香さんに小包を作りたいと言い出してね。私も手伝って、手近な段ボールに詰めました。あの子はきっと風邪の時一人だし、きっと備えたりもしてないはずだから、と言ってね。自分も発熱して、本当につらいって改めて思ったんだろうな。でも、買い物なんかには行けないから、家にあるものだけでとにかく詰め始めて、……正直、私はインフルがちゃんと治ってからにしたら、それから落ち着いてちゃんと買い物に行って用意したらと言ったんだけど、それはまた、落ち着いたらもう一度ちゃんと用意する、でも今は、いつあの子が風邪を引くかわからないからとにかく送りたい、って言い張って」

まさおはそこで鼻を盛大にすすった。弓香も返事ができないほど、泣いていた。

「夕方、熱が上がり始めて、息が苦しくなって病院に私の車で行くことになった。それでも、宅配便を出すって聞かなくて……ただ、その時はこんなことになるとは思ってもみなかったんだよ。受け答えもしっかりしていたし、家に置いてあった伝票も自分で書いた。途中、コンビニの駐車場に車を駐《と》めて、優子をそこに待たせて、私が発送手続きをしました。『ちゃんと送ったよ』って言ったら、優子が本当に嬉しそうに笑って、ありがとうありがとう、って。でも、あんな使いかけの薬入れたら、きっと弓香はまた笑うわね、って言って……そのまま病院に行って入院した」

そこからはしばらく、お互いに口が利《き》けないくらい泣いた。

気がつくと、自然に弓香は「すみません、本当にすみません。本当にありがとう」とまさおに言っていた。彼も「いいんだよ、いいんだよ。こちらこそ、ありがとう」と何度も言った。

やっとお互いに落ち着いた後、お墓のこと、四十九日のこと、今後のこともあるし、近く、東京か千葉で会おう、と約束して、電話を切った。

スマホを床に置き、弓香は風邪薬の包みを抱いて泣いた。きっと、正夫さんも泣いている、と思いながら……。

四十九日の法要に、弓香はちゃんと出席した。

池知も一緒に来てくれた。あれから、彼とは時々電話で話す仲になっていた。法事があるんだ、とつぶやいたら、弓香が何かを言う前に、「一緒に行っていい？」と申し出てくれた。

正夫さんとはそれまでに、何度か電話で打ち合わせした。杉並での知り合いも出席しやすいように、東京駅のホテルで行うことも彼は了承してくれた。

弓香が池知を「会社の友達です」と紹介すると、平原家の人たちはそれ以上、何も聞かなかった。ただ、穏やかに彼を受け入れてくれた。

まだいくつかの問題が残っている……多くはないが母の遺産のこと、墓や遺骨をどうするかということ、杉並のマンションのこと……。

だけど、弓香はもうそんなに心配していない。

法要中、弓香は人目もはばからず泣いた。自分のハンカチも池知のハンカチもびしょびしょにして、正隆の妻の葵のハンカチを借りたほどだった。

よく泣いて、その後食事も一緒にして、やっと彼らと近づけた気がしたから。

正夫さんからお酌されて、頭をかきながら杯を受けている池知を見ながら、弓香は微笑《ほほえ》んだ。

そして遺影を見上げると、母も嬉しそうな顔で笑っていた。

初出
Ｗｅｂサイト「ＢＯＣ」二〇二〇年九月～二〇二一年五月掲載。

原田ひ香

1970年神奈川県生まれ。2006年「リトルプリンセス二号」で第34回ＮＨＫ創作ラジオドラマ大賞受賞。07年「はじまらないティータイム」で第31回すばる文学賞受賞。他の著書に『一橋桐子〈７６〉の犯罪日記』（徳間書店）、「三人屋」シリーズ（実業之日本社）、「ランチ酒」シリーズ（祥伝社）、『三千円の使いかた』（中公文庫）など多数。

母親《ははおや》からの小包《こづつみ》はなぜこんなにダサいのか

2021年９月25日　初版発行
2022年２月20日　再版発行

著　者　原田《はらだ》ひ香《か》

発行者　松田陽三

発行所　中央公論新社
〒100-8152　東京都千代田区大手町1-7-1
電話　販売 03-5299-1730　編集 03-5299-1740
URL https://www.chuko.co.jp/

ＤＴＰ　ハンズ・ミケ
印　刷　大日本印刷
製　本　小泉製本

Published by CHUOKORON-SHINSHA, INC.
Printed in Japan　ISBN978-4-12-005464-8 C0093